讀史與治史

辛德勇

读书随笔集

生活·讀書·新知 三联书店

图书在版编目（CIP）数据

读史与治史／辛德勇著．—北京：生活·读书·新知三联书店，2020.10
（辛德勇读书随笔集）
ISBN 978－7－108－06955－9

Ⅰ．①读…　Ⅱ．①辛…　Ⅲ．①随笔－作品集－中国－当代
Ⅳ．①I267.1

中国版本图书馆CIP数据核字（2020）第166010号

责任编辑　张　龙
装帧设计　薛　宇
责任校对　曹秋月
责任印制　徐　方
出版发行　生活·讀書·新知　三联书店
（北京市东城区美术馆东街22号　100010）
网　　址　www.sdxjpc.com
经　　销　新华书店
印　　刷　河北鹏润印刷有限公司
版　　次　2020年10月北京第1版
2020年10月北京第1次印刷
开　　本　880毫米×1230毫米　1/32　印张7
字　　数　137千字　图42幅
印　　数　0,001－6,000册
定　　价　58.00元
（印装查询：01064002715；邮购查询：01084010542）

作者近照（黎明 摄影）

辛德勇，男，1959年生，北京大学历史学系教授，北京大学古地理与古文献研究中心主任。主要从事中国历史地理学、历史文献学研究，兼事中国地理学史、中国地图学史和中国古代政治史研究，主要著作有《隋唐两京丛考》《古代交通与地理文献研究》《历史的空间与空间的历史》《秦汉政区与边界地理研究》《建元与改元：西汉新莽年号研究》《旧史舆地文录》《石室賸言》《旧史舆地文编》《制造汉武帝》《祭獭食蹠》《海昏侯刘贺》《中国印刷史研究》《〈史记〉新本校勘》《发现燕然山铭》《学人书影（初集）》《海昏侯新论》《生死秦始皇》《辛德勇读书随笔集》等。

图一　“书是开心药”闲章

图二　明治十一年京都文石堂翻刻清光绪刻本《纫斋画賸》

Let gentleness my strong enforcement be:
In the which hope, I blush, and hide my sword.
Duke S. True is it that we have seen better days;
And have with holy bell been knolled to church;
And sat at good men's feasts; and wiped our eyes
Of drops that sacred pity hath engendered:
And therefore sit you down in gentleness,
And take upon command what help we have,
That to your wanting may be ministered.
Orl. Then, but forbear your food a little while,
Whiles, like a doe, I go to find my fawn,
And give it food. There is an old poor man,
Who after me hath many a weary step
Limped in pure love; till he be first sufficed,
Oppressed with two weak evils, age and hunger,
I will not touch a bit.
Duke S. Go find him out,
And we will nothing waste till you return.
Orl. I thank ye; and be blessed for your good comfort! [*Exit.*
Duke S. Thou seest we are not all alone unhappy:
This wide and universal theatre
Presents more woeful pageants than the scene
Wherein we play in.
Jaq. All the world 's a stage,
And all the men and women merely players:
They have their exits, and their entrances;
And one man in his time plays many parts,
His acts being seven ages. At first, the infant,
Mewling and puking in the nurse's arms:
Then, the whining school-boy, with his satchel,
And shining morning face, creeping like snail
Unwillingly to school: and then, the lover,
Sighing like furnace, with a woeful ballad
Made to his mistress' eye-brow: then, a soldier,
Full of strange oaths, and bearded like the pard,
Jealous in honour, sudden and quick in quarrel,
Seeking the bubble reputation
Even in the cannon's mouth: and then, the justice,
In fair round belly, with good capon lined,
With eyes severe, and beard of formal cut,
Full of wise saws and modern instances;
And so he plays his part: the sixth age shifts
Into the lean and slippered pantaloon,
With spectacles on nose, and pouch on side;
His youthful hose, well saved, a world too wide
For his shrunk shank; and his big manly voice,
Turning again toward childish treble, pipes
And whistles in his sound: last scene of all,
That ends this strange eventful history,
Is second childishness, and mere oblivion;
Sans teeth, sans eyes, sans taste, sans everything.

Re-enter ORLANDO, *with* ADAM.

Duke S. Welcome: set down your venerable burden,
And let him feed.
Orl. I thank you most for him.
Adam. So had you need;
I scarce can speak to thank you for myself.
Duke S. Welcome; fall to: I will not trouble you
As yet, to question you about your fortunes.—
Give us some music; and, good cousin, sing.

AMIENS *sings.*

Blow, blow, thou winter wind,
Thou art not so unkind
As man's ingratitude;
Thy tooth is not so keen,
Because thou art not seen,
Although thy breath be rude.
Heigh ho! sing heigh ho! unto the green holly:
Most friendship is feigning, most loving mere folly:
Then, heigh ho, the holly!
This life is most jolly.

Freeze, freeze, thou bitter sky,
That dost not bite so nigh
As benefits forgot:
Though thou the waters warp,
Thy sting is not so sharp
As friend remembered not.
Heigh ho! sing heigh ho! &c.

Duke S. If that you were the good Sir Rowland's son,—
As you have whispered faithfully you were:
And as mine eye doth his effigies witness
Most truly limned and living in your face,—
Be truly welcome hither: I am the Duke,
That loved your father. The residue of your fortune,
Go to my cave and tell me.—Good old man,
Thou art right welcome as thy master is;
Support him by the arm.—Give me your hand,
And let me all your fortunes understand. [*Exeunt*

图三　英文原版《莎士比亚全集》内页

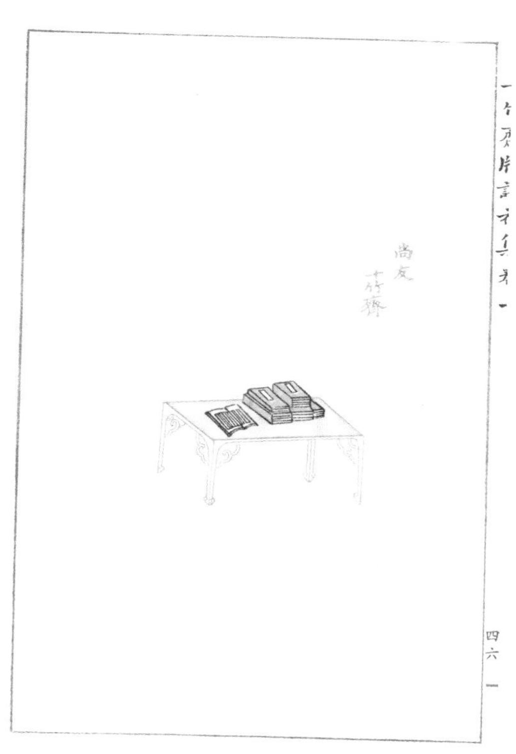

图四　崇贤馆复制本《十竹斋笺谱》

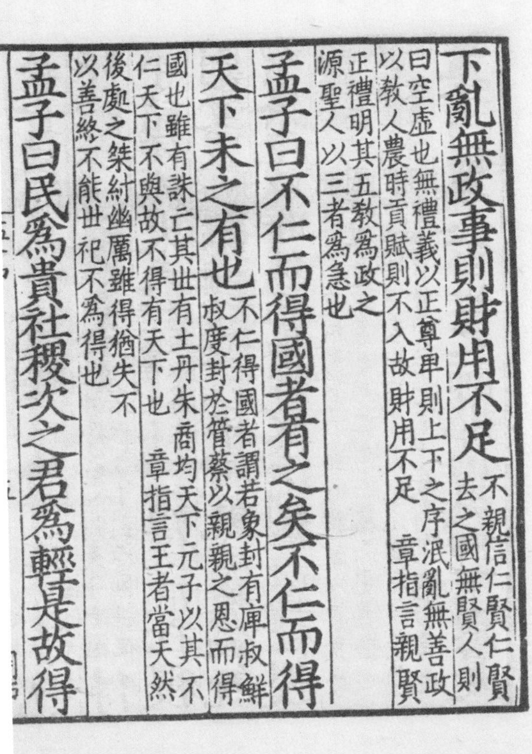

下亂無政事則財用不足不親信仁賢仁賢去之國無賢人則
曰空虛也無禮義以正尊卑則上下之序泯亂無善政
以教人農時貢賦則不入故財用不足　章指言親賢
正禮明其五教爲政之
源聖人以三者爲急也
孟子曰不仁而得國者有之矣不仁而得
天下未之有也不仁得國者謂若象封有庳叔鮮叔度封於管蔡以親親之恩而得
國也雖有誅亡其世有土丹朱商均天下元子以其不
仁天下不與故不得有天下也　章指言王者當天然
後處之桀紂幽厲雖得猶失不
以善終不能世祀不爲得也
孟子曰民爲貴社稷次之君爲輕是故得

图五　《四部丛刊初编》影印宋刻本《孟子》

图六　清华大学藏战国竹书《系年》

冷齋夜話元豐初魏泰載之于詩話中雖黄竹大風之詞莫可擬其髣髴噫豈特前代帝王叠古今詞章之工者無此作也

徽宗皇帝

帝諱佶神宗第十一子建元建中靖國崇寧大觀政和重和宣和宣和七年內禪皇太子尊帝爲教主道君太上皇帝靖康二年北狩紹興五年崩於五國城七年凶問至江南遙上尊謚曰聖文仁德顯孝皇帝廟號徽宗十二年梓宮還臨安權欑永祐陵十三年加上尊號曰體神合道駿烈遜功聖文仁德憲慈顯孝皇帝有崇觀宸奎集御製集

避暑錄話政和間大臣有不能爲詩者因建言詩爲元祐學術不可行何丞相伯通適領修敕令因爲科云諸士庶傳習詩賦者杖一百是歲冬初雪太上皇甚喜吳門下居厚作詩三篇以獻謂之口號上和賜之自是聖作時出訖不能禁詩遂盛行于宣和之末

己亥十一月十三日南郊祭天齋宮卽事賜太師

報本精禋自國南先期清廟宿齋嚴層霄初擴同雲霽暖吹俄回海日遲十萬軍容冰作陣九街鴛瓦玉爲簷肅雍顯相同元老行慶均釐四海霑

清廟齋幄嘗有詩賜太師己曾和進禋祀禮成以目擊之事依前韻再進今亦用元韻復賜太師非特以此相困蓋清時君臣賡載亦一時盛事耳

卷一

图七　钱锺书先生手批《宋诗纪事》

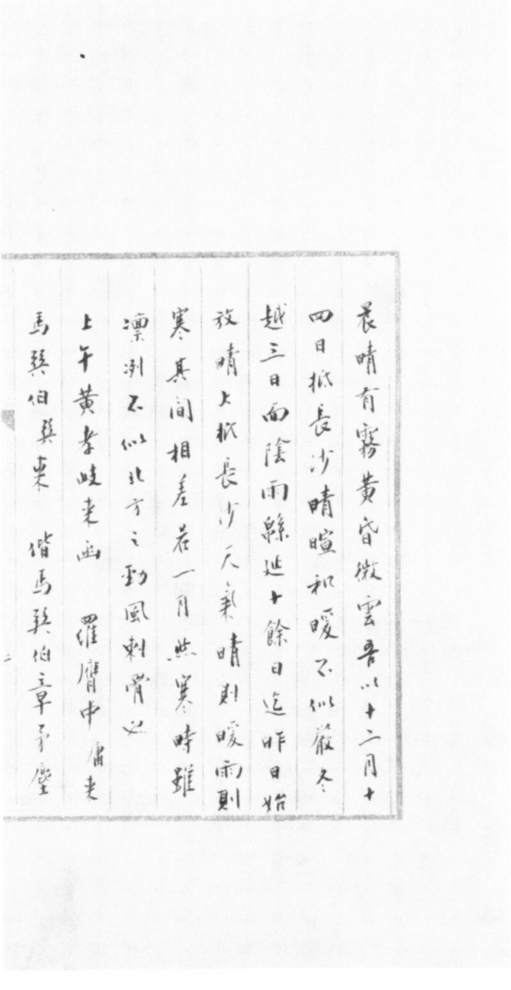

晨晴有霧黃昏微雲昔以十二月十
四日抵長沙晴暄和暖不似嚴冬
越三日而陰雨綿延十餘日迄昨日始
放晴 大抵長沙天氣晴則暖雨則
寒 其間相差若一月 然寒時雖
凜冽不似北方之動風刺骨也
上午黃季陸來函 羅膺中書來
馬巽伯巽來 偕馬巽伯立草子璧

图八 《郑天挺西南联大日记》原稿中一页

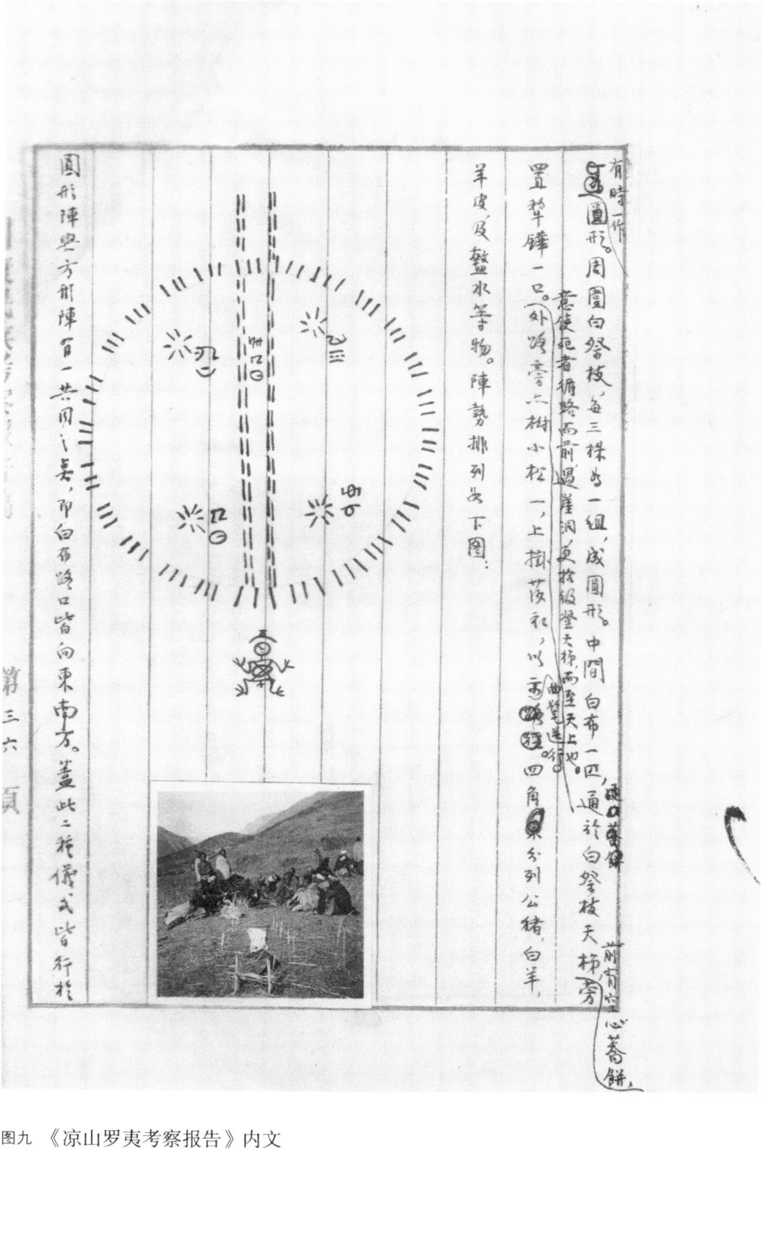

有時一作方圓形。周圍白祭枝，每三株為一組，成圓形。中間白布一匹，通於白祭枝天梯旁，前有空心蕎餅，置犁鏵一口。外[illegible]六樹小松一，上掛蕎花，以[illegible]四角分列公豬，白羊，羊皮，及盤水等物。陣勢排列如下圖：

意使死者循路而前，過崖洞，更於級登天梯，而至天上也。

圓形陣與方形陣有一共同之點，即白布路口皆向東南方。蓋此二種儀式皆行於

第三六頁

图九　《凉山罗夷考察报告》内文

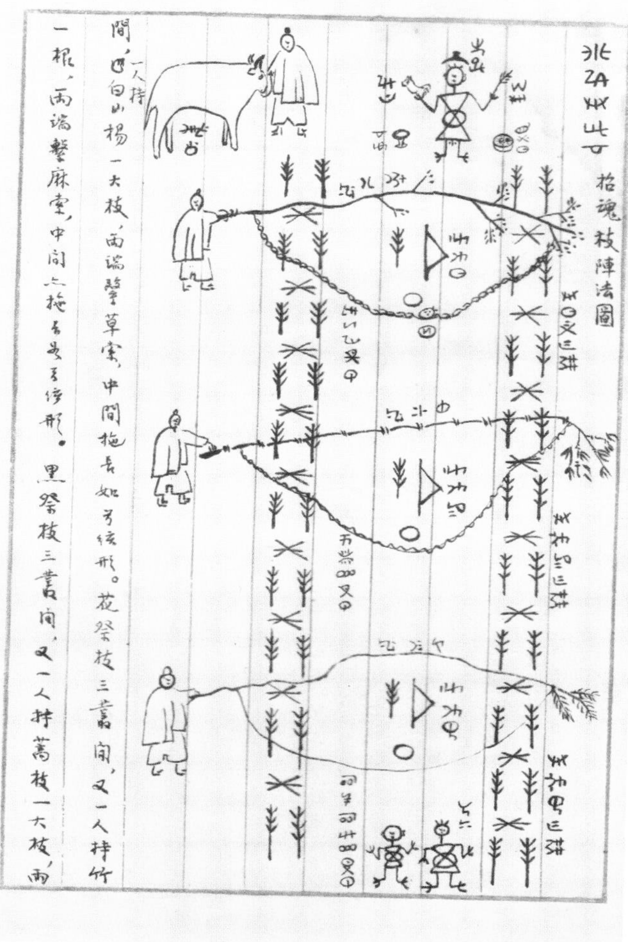

招魂枝陣法圖
間，一人持白山楊一大枝，兩端繫草索，中間拖長如弓弦形。花祭枝三叢間，又一人持竹
一根，兩端繫麻索，中間亦拖為長弓弦形。黑祭枝三叢間，又一人持蒿枝一大枝，兩

妙法蓮華經意語

雲門湛然澄禪師說

東楚門人明海重訂

妙法者即自心之別名蓮華者乃妙法之巧喻也蓋心法之妙千變萬化不可勝言非不可言也言不能盡其奧也故取喻于蓮華則彷彿相似使人即物明心契旨於言外也夫捨事取理離染求淨斷妄證眞避喧趣寂如是等種種因緣是如來昔時所說三乘教所載三乘之人不知是權非實妄生忻厭如來憫是之輩故於四十年後說此一乘妙法令知即染而

淨非離染有淨也譬如蓮之出處卑濕汙泥是其當然高原陸地非其宜也以况吾心不捨萬法成就世出世間善根若離法自安則墮聲聞之道佛不許可必曰盡行諸佛無量道法勇猛精進然後成就甚深未曾有法迦葉曰淨佛國土成就衆生心不喜樂者乃陸地之蓮也盡行道法者乃汙泥之蓮也下文云是法不可示言辭相寂滅者心不可以相求也止止不須說我法妙難思者心不可以思議也盡思共度量不能測佛智者心不可以測度也自心之理微妙如是非托喻而安能明哉由是而知妙法蓮華乃自

图十　明末刊《径山藏》本《妙法莲华经意语》

总　序

三联书店这次同时帮我出版六册小书。册数多了，内容又显得七零八落，于是需要对此做一个总的说明。

人生在世，本来有很多事可以做；即使像我这样的书呆子，除了自己读书，还是可以兼做一些社会工作的，我也很愿意去做一些这样的工作。

当年之所以从社科院历史所断然离去，并不是因为我太清高，不想做俗事。对自己的学术研究，我从来就没有什么高远的期许。像我这样中小学教育都接近荒废的人，在那样一个特殊的文化断层年代，连滚带爬地竟成了个做学问的人，没有任何自负，只有暗自庆幸，庆幸自己的侥幸。要是能够在这个国家融入世界的过程中，有机会直接为社会做出一些努力，同样会感到十分庆幸，那是难得的福分。

可是，当你尝试做一些事儿的时候，很快就会明白：你面对的是一块铁板，实际上什么也做不了。剩下的，就只有困守书斋，自得其乐了。

讲这话的背景，是我这一代人的社会理想。所谓“我这一代人”，实际上是指与七七、七八级大学生同期的那一个群体。这些人中年龄大的，比我上大学的年龄要翻个番，我属于那一批人中年龄垫底的小字辈儿。但我们还是有大体相似的成长经历，因而也有着相似的社会理想和人生情怀。

时光荏苒，世事沧桑。现在，到这一代人渐渐离去的时候了。伴随自己的，只剩下房间里的书。

一个人的生活，单调到仅仅剩下读书，不管写什么，当然也就都离不开读书。因读书而产生的感想，因读书而获得的认识，还有对读书旧事的回忆，等等。所以，这套小书总书名中的“读书”二字，就是这么来的。

如果一定要说自己在读书过程中有什么比较执着的坚持，或者说有什么自己喜欢的读法的话，那就是读自己想读的书，用自己觉得有意思的方式去读。多少年来，我就是这么走过来的。

细分开来，大致可以举述如下几个方面的做法来说明这一点。

一是读书就是读书，没什么读书方法可谈，更没什么治学方法可说。读书方法和治学方法，是合二而一的事情。论学说学的人，问学求学的人，不管教员，还是学生，讲究这一套的人很多，或者说绝大多数人都很讲究这一套，都很喜欢谈论这一套。可对于我来说，或许勉强可以算作一种读书治学方法的东西，好像只有老师史念海先生传授的“读书得间”和另一位老师黄永年先生传授的“不求甚解”这八个字（两位老师对我都非常好，估计也不会另有什么锦囊妙计秘而不传）。除此之外，别无他法。我一直是随兴之所至，想读什么就读什么，读到哪儿算哪儿。既没有能力，也没有丝毫意愿去参与这类所谓“方法论”问题的议论和纷争。

正因为如此，这六册小书里虽然也有个别文稿，由于种种原因，看似谈及所谓读书方法问题，但是：其一，这些话都卑之无甚高论，根本上升不到方法论的高度；其二，写这些文稿都有特殊的原因，一定程度上乃不得已也。大家随便看看就好，把它更多地当作一种了解我个人的资料来看或许会更恰当一些。

二是喜欢读书，这只是我自己的事儿，既与他人谈论什么无关，也与学术圈关注的重点、热点无关。以前我说过两句像是自己座右铭的话：“学术是寂寞的，学术是朴素的。”做学术研究，首先就是读书，因而也可以改换一个说法，即读书是寂寞的，读书是朴素的。对于我来说，读书生活的寂寞，最突出的表现就是静下心来读自己的书。天下好玩儿的书有好多，我对那种一大堆人聚在同一个读书班里读同一段书的做法，一直觉得怪怪的，很是不可思议。

三是读书过程中遇到什么问题就自己思索，很不喜欢凑集一大堆人七嘴八舌地讨论同一个问题。若是遇到的问题超出自己既有的知识范围，那么，就去找相关的书籍阅读，推展自己的知识范围，学习新的知识。我一直把治学的过程，看作学习的过程。自己觉得，这样读书，有些像滚雪球，知识这个“球”就会越滚越大。我习惯用平常的知识来解决看似疑难的历史问题，而不是依仗什么玄妙的方法。所以，安安静静读书求知，对我很重要。

“读书”之义，介绍如此，下面再来谈“随笔”的意思。

“随笔”二字既然是上承“读书”而来，单纯就其字面含义来讲，倒容易解释，即不过是随手写录下来的读书心得而已。不过这样的理解，只适合于这六册小书中的一部分文稿，若是就全部文稿而言，这样的解释显然是很不周详的。

总的来说，我写这些“随笔”并不随便，都是尽可能地做了比较认真的思考，或是比较具体的研究，其中相当一些文稿还做了比较深入细致的论证和叙说，只是在表现形式上，绝大多数文稿，从文体到句式，都没有写成那种八股文式的学术论文而已。另外，从这六册小书的书名可以看出，这套“随笔”所涉及的范围，从“专家”的标准来衡量，似乎稍微有点儿过泛过杂，或者说太有点儿随心所欲，不过这倒和“随笔”的“随”字很搭。

综合内容和形式，收录在这六册小书里的文稿，可以大致包括如下几类。

第一类是追念学术界师友或回忆自己往事的文稿。不管是旧事，还是旧情，都是当代学人经行的痕迹，在很大程度上也都体现着我本人的心路历程。年龄越来越大了。虽然没有什么了不得的经历和见识，但时光在飞速流逝，当年寻常的故事，后来人也许会有不寻常的感觉。以后在读书做研究的余暇，我还会继续写一些讲述以往经历的文稿。

第二类是一般意义上的学术随笔。读书有得而记，有感而发。其中有的内容，已经思考很长时间，有合适的缘由，或是觉得有写出的必要，就把它写了下来；有的内容则是偶然产生想法，一挥而就。虽说学术随笔归根结底只不过是一时兴到之作，但我不管写什么，都比较注重技术性环节。这是匠人的本性使然，终归没有什么灵性。

第三类是一些书序和书评，其中也包括个别拙著的自序。写这些文章，虽然有时候免不了会有情谊的成分，会有程序性的需求，但我仍一贯坚持不说空话废话，而是努力讲自己的心里话，谈自己对相关问题的思考、感想和看法。这些话，有的还不够成熟，写不成专题论文；有的就那么一星半点的知觉，根本就不值得专门去写；有的以前做过专门论述，但论证往往相当复杂，或者这些内容只是庞大论证过程中的一个很小环节，读者不一定注意，现在换个形式简单明了地写出来，更容易让大家了解和接受。总之，不拘深浅，不拘形式，更不管别人高兴还是不高兴，我总想写出点儿自己的东西。

第四类是最近这几年在各地讲演的讲稿。近些年，社会文化生活的形式出现了一种新的现象，很多非专业的人士，对历史文化知识产生了浓厚的兴趣，而且不再满足于戏说滥侃，需要了解一些深入严谨的内容。由于没有受过专业训练，在阅读相关书刊之后，这些人士很愿意通过面对面的接触与互动，更好地理解相关的知识。另一方面，一些大学在读的本科生、研究生，也有同样的需求。这样，就有许多方面组织了学者与读者的会面，我也参加过一些这样的活动。收录在这六册小书里的讲稿，大多就是我这类活动时的“作业”。当然也有部分讲稿是用于其他学术讲座的稿子。

这些讲稿有的是很花费工夫的专题研究，只是因为有人让我去讲，我就用讲稿的形式把相关研究心得写了出来；还有的讲稿，是为适应某种特别的需要而临时赶写，难免不够周详。相信读者很容易看明白这一点。

另有很大一部分讲稿，是为我新出版的书籍或是已经发表过的论文，面向读者所做的讲说。其中，有的是概括介绍拙作的主要内容、撰著缘起、内在宗旨、篇章结构等；有的是对书中、文中相关内容的进一步引申、发挥或更加深入的研究；有的是针对某些异议，说明我的态度和思辨方法。

我的目的不是想让读者或是他人一定要接受我的学术观点，但我希望通过这些努力，能够帮助那些想要了解敝人学术看法的人尽可能准确地理解我想说的到底是什么。这一点看似简单，其实却很不容易。我只能尽力而为，但无须与人争辩。当然在这样的讲述过程中，我常常还会谈到一些其他的知识，希望这些内容也能够对关心我的读者有所帮助。

总的来说，我自己是比较喜欢这些“随笔”的，它不仅拉近了我和读者的距离，更给了我机会，在这些文稿里讲述一些不便写在“正规”学术文章中的内容。希望读者们也能喜欢。

至于这六册小书的归类，不过是按照内容大体相近而略作区分而已。不然，一大本书太厚，没法看。

2020 年 3 月 30 日记

目　次

自　序

作为《辛德勇读书随笔集》这个系列中的一本，这册小书中收录的文稿，有谈读书的，有谈读史的，有谈对具体学科发展的期望的，还有很多是书评、书序和追忆旧人旧事等，内容稍微有些凌乱。不过我用“读史与治史”来概括这些内容，大体上也还算说得过去。这是因为这些文稿所涉及的实质内容，确实都同读史与治史具有密切关系，忆故人，说故事，说的也是读史、治史的人和事。

我在这套小书的总序里已经谈到，读书是没有什么奇妙的方法可谈的，具体到读史，再延伸到治史，也是这样。这本《读史与治史》里虽然有些篇目从题目上看好像是讲读史、治史的方法，但实际上并没有真正的“方法论”意义，只是一些很工具性、很技术性的个人体会而已。

关于这种工具性、技术性的“方法论”意义，我想举述《〈史记〉的体例与历史研究——以〈六国年表〉为例》这篇文章来稍微做一下说明。

很多年轻的朋友，在刚刚迈进历史学研究领域的时候，很迫切地希望能够迅速习得治史良方；更有很多功成名遂的史学家，竞相为后生小子指引治学的门径。

对于能不能这么轻而易举地找到终南快捷方式，我一直是持否定态度的。尽管我从不排斥借鉴其他人文学科、某些社会学科乃至自然学科的研究方法，研究者也自可偏重采用这些方法来解析历史问题，但这些都不应该是治学者在初始阶段所应过分追求的。

路要一步步走，饭要一口口吃。在我看来，走历史研究这条路，第一步还是要先迈向书山，走上书山；第一口饭，还是要品味史料，辨析史料。

人生在世，有追求当然是好事，而且绝大多数人也都确实是有所追求的。不过登高自卑，致远由迩，无卑近何以至高远，所谓“欲速则不达”，讲的就是这个道理。不管你有千条妙计，万种玄理，或是深不可测的“问题意识”，但在研究历史问题时，史料基础要是差得太多，或是研究过程中在史料的甄别辨析上存在致命的缺陷，你就很难站得住脚。看起来再美的景象，也只能是海市蜃楼。我这样讲的道理是什么？道理就是朱熹讲的那句话：“道理无形影，唯因事物言语乃可见得是非。”（《晦庵先生朱文公文集》卷五三《答胡季随大时》）

在《〈史记〉的体例与历史研究——以〈六国年表〉为例》这篇文章中，我重点阐述一个看起来似乎很简单，但我在研究实践中却感到十分重要的工具性、技术性“方法”——这就是注意认识古书的“通例”。

很多朋友都知道，余嘉锡先生有一本非常有名，也可以说是非常经典的著述，书名就叫《古书通例》。余先生在这本书里讲的，是中国早期典籍外在形态和内部构成等方面的一些共同特征。我在这里讲的这个“通例”，同他那本书有所不同，主要是讲一部书在记述某些史事时的基本体例。

那么，这个“通例”重要在哪里呢？一部古书，和我们每一个人一样，是有自己的生命的，文字与文字之间是有血脉相连的。这就意味着我们在利用古书做史料的时候，一定要先读懂古书叙事的“通例”，然后才能真正搞懂书上的文字究竟讲的是什么意思。不然的话，看到古书上的只言片词合自己的意，活喇喇地切割下来就用，有时就会违背书中固有的意思。谈到这一点，我经常引述清朝学者钱大昕讲的一句话，来为自己张目，这就是“读古人书，须识其义例”。钱大昕说的这个“义例”，也就是我讲的“通例”。先弄懂这个“通例”，才能看明白古书中的“事物言语”。

我在这篇文稿里举述的具体事例，是田余庆先生一篇很有名的文章——《说张楚——关于“亡秦必楚”问题的探讨》。尽管学术界对田余庆先生这篇论文评价极高，但按照我的看法，他的基本结论和论证过程都存在严重瑕疵，其中一个重要问题，就是往往先入为主而未能顾及史书所固有的“通例”，从而造成对史料的误读误解。盖房子最重要的工序是筑好最底下外行人根本看不见的地基，而不是地面上华彩的外立面。史料是治史者论证的基础，这基础一晃动，建立在上面的亭台楼阁，自然会随之倒塌。

同样性质的问题，可以再举一个例子。

我认为，中国古代应用于现实生活中的年号纪年制度，是肇始于汉武帝太初元年，此前汉武帝从“建元”到“元封”这一系列年号俱属事后追加。拙著《建元与改元》中的第一篇《重谈中国古代以年号纪年的启用时间》，讲的就是这个问题。

既然是做学术研究，提出这个观点，自然与众不同，当然也不会被所有人接受。但我提出这个观点，是经过认真思考的，其中促使我最后有信心把这篇稿子公之于众的一个重要支撑，是唐朝人司马贞《史记索隐》引述西晋人张华所撰《博物志》里这样一段话：“太史令茂陵显武里大夫司马迁，年二十八,三年六月乙卯除，六百石。”这样的文句，自是出自西汉当时的公牍，当年王国维就是这样认识它的，而依据“三年六月乙卯除”的纪年方式，可知当时尚未采用年号纪年——即司马迁出任太史令的这个“三年”，只能是元封三年。因为司马迁的父亲老太史令司马谈是元封元年死去的,《史记》记载司马迁是在乃父去世三年之后才继任太史令的。

这本来是一清二楚、毫无疑义的史事。可是有些学者却非要说《博物志》里的“司马迁”本来应该写作“司马谈”，并且找出某些刻本的《史记》缺失“迁”字作为版本依据，讲得煞有介事。殊不知，司马贞撰著《史记索隐》，是把张华《博物志》这条内容系在“(司马谈）卒三岁而迁为太史令”句下。

按照正常的著书体例，也就是《史记索隐》的“通例”，哪怕根本没提“司马迁”这一姓名，司马贞在这里注释的也只能是司马迁的履历，怎么可能是讲司马谈的身世！况且《史记索隐》原本俱在，“司马迁”三字明明白白，岂容恣意指非为是（见汲古阁本《史记索隐》卷二八）？

既不懂古书通例，又强自要与别人立异，结果只能沦为笑柄。这件事，也愈加凸显钱大昕所说“读古人书，须识其义例”这句话的重要性，但愿有更多的读史、治史者能够认同这一点，重视这一点。

2020 年 3 月 31 日记

春天正是读书天
——谈谈读书与藏书

尽管今年的春天，寒冷异常，即使是在刚刚过去的艳阳3月，有时候也会刮起数九天的风，但天总是会变暖的，一到这个时候，日子总是一天更比一天长。日行黄道，这是天道，是天理。所以，我还是很高兴在这个暮春时节，来到这里，和大家谈谈有关读书与藏书的“闲话”或者“雅话”。

清朝初年人褚人获在所著《坚瓠集》中讲到，当时人讥讽那些不想读书的懒蛋说：“春天岂是读书天，夏日炎炎正好眠。夏去秋来冬又到，且将收拾过残年。”其实种地的农夫都懂得“一年之计在于春”。人生也是春种秋收，春天正是读书天。明末人陶汝鼐有一篇《四时读书歌》，诗中吟咏春天读书的意味说：“春日读书元气多，左图右史春风窝。生香不断研席暖，万物于我真森罗。兴来独往溪山上，振衣濯足何其旷。夜深敛坐月照花，三十六宫春一样。”（陶汝鼐《荣木堂诗集续编》卷二）这是何等洋洋自得，宛如天地万物的主宰一般。

述及读书与藏书这一话题，首先我们需要澄清，在所谓

明治十一年（1878）京都文石堂翻刻清光绪刻本《纫斋画賸》

“读书”与“藏书”二者之中，在绝大多数情况下、对于绝大多数人来说，“读书”永远都是第一位的，也可以说是居于核心地位的，而“藏书”则是“读书”活动的附庸，是整个读书过程中的一部分，或者说是大多数读书人自然延伸出来的一个结果。

谈到“读书”二字，人们首先要提及的问题，多半会是：我们为什么要读书？世界很大，人也很多，每个人都会有自己的说法，有的相同，有的不一样。我的看法，大致可以归纳为这样两个词、四个字：求知，养性。

几乎从书籍甫一产生的时刻开始，所谓“求知”，就是一件带有很强世俗社会功利性的事项。

在中国，最早教学生读书的孔夫子，口口声声地讲什么“学而优则仕”，即已清清楚楚地说明白了这一事实。因为检验一个人读书读得好还是坏的标准，就是所获知识的多与寡，也就是“求知”效果的优与劣。到了科举时代，更是满天下学子都把读书作为当官做老爷的“敲门砖”，而通过场屋试卷来权衡高下，以致单词踦语，字比句栉，还是在做同样的检验。

像这样为“功名”而读书，从普遍意义上来说，直到今天，仍然是人们用功读书最强大的动力。现在的“高考”，虽然不是直接选拔官员，最终有机会进入官场的也只是中式者中很小一部分人员，但专业资格的获取和被社会认定，在获取优越社会地位这一点上，同当官入仕，并没有实质性的差异，同样都是位欲高而学。通观古往今来读书活动的历史演变，可以清楚看出，当今中国呈现这样的局面，尽管由于其他某些时代的特色而显得有些过分，但从本质上来说，是合理的，也是必然的。

不过这并不是历史的全部，也不是现实的全貌，至少有一部分人，从来都不完全是这样。下面我想以我个人的经历为例，直观地向大家说明这一点。

我大学本科，是77级。很多年轻朋友，恐怕听到这个年级是完全无感的，没有什么特别的地方。大学里就这样，按照入学时间分年级，77 级又咋样？跟 17 级不就差了四十年吗？但我的同龄人和比我年长的人就不会这样想。

因为我们这个年级考上大学的人，绝大多数人是不会想到为上大学而读书的，更不会为升官发财而读书。当时，大学已经多年没有正常招生。在那个荒诞的岁月，读书获取知识，不仅与功利无关，往往还会遭受苦头，甚至蒙受灾难，即所谓“知识越多越反动”也。

生逢那样的年月，还要读书，首要的原因，就是想要获取知识，想要多了解一些自己身处的世界。

对于每一个真正具有求知欲望的人来说，小学、中学以至大学的课堂教学，其知识含量总是太少太少，学校的课本总是太薄太薄。从小学到大学，在老师讲课之前，我基本上都已经预先读过课本上的内容，也已经领会了这些内容。老师们对我都很好，在很多方面，也都对我给予了巨大的帮助，但单纯就增长知识这一点来说，其中的绝大多数内容，我都是在老师讲授之前就已经通过自己的阅读掌握了。

这样，也就为自己取得了主动权，让我能够自由自在地“放飞”自我，随心所欲地阅读课外书籍。比如，中华书局繁体竖排的《史记》和《汉书》，我在中学时代就大致翻阅过一遍。很多朋友可能要问：为什么要看这样的书？——什么也不为，只因为觉得有意思，只是想知道这样有名的历史书里到底写了些啥。这就是求知，除了求知，啥也不为。

正因为是为求知而读书，当中学毕业后到大兴安岭西林吉林区短暂参与伐木工作时，我才能够在零下三十多、接近四十摄氏度的气温里，在一天辛苦的劳作之后，在帐篷里烤着火仍然去读那些看起来似乎“毫无用处”的书籍。

77级大学生和后来所有年级大学生最大的不同，就是在上大学之前就普遍具有这种强烈的求知欲，或者说我们求知欲是大大压过功利心的。当然那并不是一个美好的黄金时代，而恰恰是一个极端荒唐的年代。这种求知意愿虽然很超凡脱俗，但不管是对于社会整体，还是对我们那一代人来说，都并不正常。

正常社会里的正常人，每一个人都理所当然地会有自己对功利的追求，只要是付出诚实的努力，就都是合理而且是正义的。具体就读书这一行为而言，最佳的状态，是让自己主要阅读的书籍同本人谋生处世的职业结合为一体，读喜欢的书就是工作，读喜欢的书就是职业。

一个真心求知，一个以求知为人生乐事的学人，不但会以自己选择并且从事的专业为享乐，倾力阅读相关的书籍，不断充实专业的知识，同时，还会积极阅读专业领域之外的书籍，以不断扩充自己的知识。这样的做法，就更多地体现出求知的意愿，并减少了功利的色彩。

就我自己读书的经历而言，由于更愿意多学到一些知识，多弄懂一些自己原来不懂的知识，我就在自己本身的专业之外，阅读了很多“跨界”的书籍。

我正经授学的专业，似乎是一个很小的学科，叫作“历史地理学”，就是研究历史时期各项地理要素的形态及其变化过程。但历史很长、地理很广，历史地理学实际包含的知识范围很大，要想切实学好这一学科的知识，并不十分容易。我对这门专业知识，掌握的情况虽然不是很好，但几十年来，也是一直持续不断地在付出努力。

在学取和研究历史地理问题的过程中，不可避免地会涉及其他许多邻近学科的知识，求知的欲望，常常带着我向这些新的知识领域走去。不懂，想学，就读书；边读边想，就逐渐变完全不懂为多少懂得一些。

前几天日本《朝日新闻》的记者来采访我对日本新年号的看法，言谈间述及我的专业方向，弄得我颇显窘迫，不知道怎么向人家介绍自己的研究领域是好。向学读书，读书问学，完全是这种出于探求究竟的兴趣，把我带到古籍版本、碑刻铭文、古代天文历法和政治史等知识领域，并尝试着写出一些论著，引起很多人的关注。比如近年我出版的《建元与改元》《制造汉武帝》《海昏侯刘贺》《发现燕然山铭》和《学人书影初集》等，就都是这样读书求知的结果。

当然，这些内容大致还都在古代文史的范畴之内，从大的学科格局来看，还算不上越界。像中国社会科学院历史研究所已故的杨向奎先生，既是先秦史大家，又是清史大家，更了不得的是他还写过一批研究“场”的学术论文，而且都是年纪很大了还继续写。这可是很高深的自然科学问题，虽然我不清楚杨向奎先生在这方面的研究水平，但毕竟都在专业的学术期刊上发表了，至少是达到一定的专业水平。这就完全是出自探索的兴趣。

明末人徐𤊹对这种读书乐趣描述说：

> 余尝谓人生之乐，莫过闭户读书。得一僻书，识一奇字，遇一异事，见一佳句，不觉踊跃，虽丝竹满前，绮罗盈目，不足踰其快也。六一公有云：“至哉天下乐，终日在几案。”余友陈履吉云：“居常无事，饱、暖、读古人书，即人间三岛。”皆旨哉言也。（《徐氏笔精》卷六“读书乐”条）

这种书呆子的乐趣，真是只可与知者道而不可与不知者言的事儿。

为求知而读书，求知越多，读书的范围越广。为便于阅读，自然需要购买书籍。因为只有手边书多，才能随时取阅，随时扩大自己的知识范围。这样就要不断地买书。书越买越多，在很多人看来，就颇有几分“藏书”的味道了。

主办方为我们这次活动所做的广告，采用了一幅我在书房里的照片。这幅照片，是一位中学生小朋友近日刚刚帮我拍摄的。照片拍得很好，我很喜欢（因为很喜欢，年内即将出版的新书《生死秦始皇》，我就会把它印在卷首）。除了摄影艺术之外，这张照片好就好在反映了书房的实际状态，或者说是反映了我的住房和整个生活的基本状况——到处都是书，而且还有一些古刻旧本线装书。

在自己的书房（王湑摄）

其实我购置的书籍，不只是与我所从事专业相关的文史书籍。我对知识的欲求，有些奢侈，有些贪婪，甚至曾经想要窥视所有自己感兴趣的东西。譬如，至今我对英文还是完全不懂，但在年纪不这么大时，还是买下一些英文的原版书籍，想要等到哪一天学会英文时再慢慢捧着读，一点儿一点儿地品味。像这次活动的文宣材料里，提到了莎士比亚《皆大欢喜》中的一段著名的台词——“人生的七个时期”，而我就收下过不止一种英文版的《莎士比亚全集》。

正是基于这种不大正常的状况，一些人便把我看作“藏书家”。这种看法，是完全错误的，大家可以说我有藏书，甚至可以说我有很多藏书。我书房的这张照片透露出一些真实的情况，我最近出版的《学人书影初集》也体现了这种情况。

然而我并不是藏书家。这不是矫情，而是一般人藏书和藏书家藏书确实具有内在的差异。关于这个问题，过去我在几个场合都详细做过说明，这里就不展开叙说了（相关文章主要收录在九州出版社此前帮助我出版的《蒐书记》那本书里）。简单地说，藏书家的书不仅多，还有很多特别的讲究，而我没有。我买书、藏书只是为了阅读，为了学取相关的知识，为了我的研究，总之，基本上还在固守读书的初衷，即藏书服务于读书。像上面提到的英文原版《莎士比亚全集》，在我的书房里一直束之高阁，现在看起来好像是纯粹的收藏品，可我的本意，是想有朝一日学会英语后来读的（同时也可以通过这样的实物，了解西方出版印刷的历史）。遗憾的是，我太笨了，尽管现在还想学，心向往之，可一直也没学会。非常遗憾，也没有办法。

这种藏书一定要说有什么收藏上的特色的话，或许可以说是在看似寻常的书籍中去发现其不同寻常的特色，所谓不同寻常的特色，主要就是其在内容上的独特价值。认识这一点，需要更多内在的知识，而不仅仅是表面的形式；或者说在购买这些书籍时要更在意读这些书、用这些书，而不是藏有其书、观赏其书。我多买书，甚至买古刻旧本，只是为多读书，为多学得一些知识，为更好地学到这些书中载述的知识。这就是我的“藏书”。对古刻旧本感兴趣的朋友，看这本《学人书影初集》，看里面收录的书影，读我的序言和对每一种古书所做的具体说明，应该很容易看明白这一点。

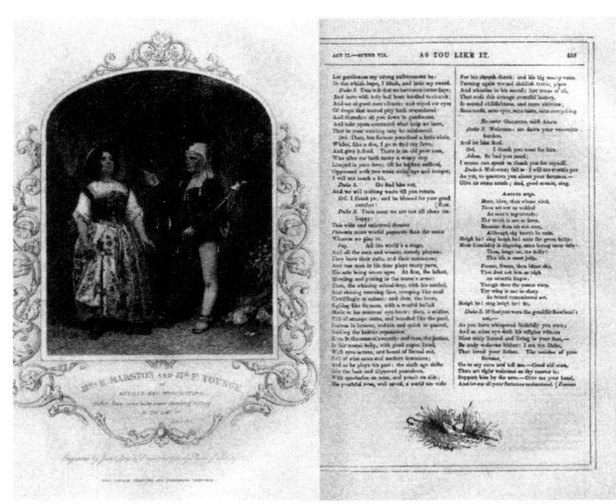

AS YOU LIKE IT.

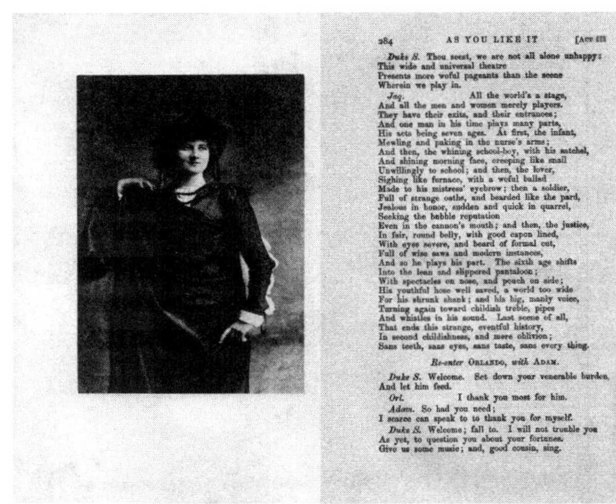

284 AS YOU LIKE IT [ACT II

Duke S. Thou seest, we are not all alone unhappy:
This wide and universal theatre
Presents more woful pageants than the scene
Wherein we play in.
Jaq. All the world's a stage,
And all the men and women merely players.
They have their exits, and their entrances;
And one man in his time plays many parts,
His acts being seven ages. At first, the infant,
Mewling and puking in the nurse's arms;
And then, the whining school-boy, with his satchel,
And shining morning face, creeping like snail
Unwillingly to school; and then, the lover,
Sighing like furnace, with a woful ballad
Made to his mistress' eyebrow; then a soldier,
Full of strange oaths, and bearded like the pard,
Jealous in honor, sudden and quick in quarrel,
Seeking the bubble reputation
Even in the cannon's mouth; and then, the justice,
In fair, round belly, with good capon lined,
With eyes severe, and beard of formal cut,
Full of wise saws and modern instances,
And so he plays his part. The sixth age shifts
Into the lean and slippered pantaloon;
With spectacles on nose, and pouch on side;
His youthful hose well saved, a world too wide
For his shrunk shank; and his big, manly voice,
Turning again toward childish treble, pipes
And whistles in his sound. Last scene of all,
That ends this strange, eventful history,
In second childishness, and mere oblivion;
Sans teeth, sans eyes, sans taste, sans every thing.

Re-enter ORLANDO, *with* ADAM.

Duke S. Welcome. Set down your venerable burden,
And let him feed.
Orl. I thank you most for him.
Adam. So had you need;
I scarce can speak to to thank you for myself.
Duke S. Welcome; fall to. I will not trouble you
As yet, to question you about your fortunes.
Give us some music; and, good cousin, sing.

英文原版《莎士比亚全集》内页

今天早晨，有朋友在我的微信公众号留言，问我："如果遇到民国印的古籍和明代的和刻本（虫蛀但不影响看），您会买哪个？"这就是只从书籍的外在形式上看待其价值，把我看成了所谓"藏书家"，没有理解我买书的基本着眼点和藏书的根本宗旨。

上面谈的，是我作为一名"专业读书人"怎样超越功利的束缚和局限而扩展自己读书范围的事儿。其实社会上各行各业中都有那么一批人，在自己功利性的生活，也就是个人和家庭的生计之外，还很大数量或是很具深度地在阅读一些与自己的职业、专业毫无关系的书籍，借此来学得那些自己感兴趣的知识。

这些年来，我不管是在北京大学给学生讲课，还是到外边做讲座，都有一些非专业的人士，非常认真地听讲。他们有的是在读的学生，但专业与文史无关；更多的是社会上从事各行各业工作的人，来学些他们想学的东西，有的人甚至年龄已经很高，到了颐养天年的岁数。这些朋友共同的动力，就是兴趣，就是想学一些自己感兴趣的知识。听我讲，听其他专家学者讲，当然只是这些朋友求知活动的一部分内容，更多的，必定是自己的阅读，阅读那些自己感兴趣的书籍。

社会上这些非专业人士在业余时间集中来学取某一方面的专门知识，其中有一部分人，因其兴趣浓郁，精力旺盛，会在某一特定方向达到很深很专门的层次，并做出具有一定水平的学术研究。像历史学研究中的地方史、家族史，特别是某些历史人物、历史遗迹和历史事件的研究，这些非专业研究者，可以大大弥补专业人员无暇顾及或无力触及的空当，甚至做出比专业研究人员精彩很多的成果。

随着社会经济的发展和人们生活的日渐安逸，像这样的读书活动，必然会越来越兴盛，而且若是把读书看作求知的一种主要途径，那么，其阅读的范围，是相当广阔的。从很前沿、很尖端的当代自然科学和这些自然科学的历史，到花花草草、猫猫狗狗，还有更加日常的饮食男女，都有门道，都有讲究。所谓“世事洞明皆学问”，完全可以借用来描述现代社会生活的方方面面都需要具备相应的知识。这些知识都不是与生俱来的，都需要专门去学，并尽可能让所学所知更加系统。

这都需要读书。读书求知的范围越广，与人们日常生活的关系越密切，书店的作用也就越大。多有一些像主办方这么好的书店，就能够更好地适应和满足社会的这种需求。不过除此之外，各个学科专职的学者们，也承担着更大的社会责任。

这种责任，我想大致应包括如下几方面。

第一，是把高深的学术研究成果，以通俗的形式表述出来，让更多的非专业人士能够比较容易地理解和接受。这一点大家都很容易理解，无须多做说明。

第二，对相当一部分学科（譬如我所从事的古代文史研究）的专业研究人员来说，学者在选择研究的问题时，就应该更多地考虑社会大众迫切需要了解的内容，最好能以更容易让读者理解、讨读者喜欢的形式表述出来。这些学科，本来就是社会文化学科，故自觉地面对社会的需求，是理所当然的事情。现在学术界很多人研究的问题，到底为什么研究，到底是不是个问题，我是深感怀疑的；甚至很多问题更像是研究者自己假想的问题，实际上并不存在，当然写出来亦无人理睬。

第三，在合适的条件下，与那些愿意深入探究或是深入了解相关学科领域知识的社会非专业人士建立直接的联系，相互沟通，帮助他们更好地探究，更好地了解。这个问题比较复杂，三言两语说不清楚，在此姑且按下不表。

总而言之，通过读书以求知，不是那么简单的事儿。人在江湖，什么都不仅仅是关起门来就能够做的事儿。前人讲“雪夜闭门读禁书”，那是因为当时没有思想自由、出版自由，为探求知识，追求真理，不得不偷偷摸摸地读书。现在，晴天朗日，大好春光里百花齐放，我们就要在一个普遍的社会层面上来认识这一问题，理解这一问题，这样我们才能读好书，读懂书，从中获取更多我们需要的知识。

最后我再简单谈谈读书的另一重意义，除了求知求学之外，读书还是养心养性的重要手段。这一点，说起来简单，没有什么深刻的道理，但在时下的中国，我觉得却是需要大声疾呼予以强调的一个重要问题。

不用说专业和本职工作以外的业余阅读，就是各级各类正规的学位教育，绝大多数求学者一心想要的，恐怕只是赖以生存以致飞黄腾达的技能，但一个人读书受学，本不该如此；古人读书，也一向不是这样。

“书是开心药”闲章

记得很多年前，我看到在一部明末汲古阁刻本的《论语注疏》上钤有一枚印章，文曰“从此须做天下第一流人物”，给我留下了很深的印象。这显然是读者在读过《论语》之后所表述的效法圣人的人生志向。阅读好书，养人心性，在这方印章上体现得清清楚楚。在我手里的一部古书上，盖有一枚类似的闲章，文为：

书是开心药

道即定南针

读书闻了道

不在外头寻

这部书上另外还盖有一方“小亭藏书”朱文藏章，疑属清代藏书家韩泰华号小亭者所钤。这条印文所讲述的开心闻道的意境，理应是每一位读书人心底更为根本的追求。

有，还是没有这样的追求，在相当层面上，并不影响一个人获取生存混世界的技能，没有甚至还会混得更好、更得意。可是这样生长出来的技能，由于缺乏基本的文明伦理观念，就像一头没心没肝却又威猛强壮的野兽，荼毒世界，祸害他人，乃是必然的事情，前一阵子中国南方那位活喇喇地炫技造人的“科学家”，就是其典型代表。

另一方面，回顾人类文明发展的历史，可以看出，几乎在所有方面，一个人的技能，达到一定层次之后，是不是能在更高级的阶段取得更大的发展，乃至跃升到顶端，在我看来，关键还是取决于人生境界的高低。

我在最近刚刚出版的《学人书影初集》这本书的序文中，曾经引述过一段清人焦袁熹的话，说是“气象最不可强，须是涵养到，则气象自别”（焦袁熹《此木轩枝叶录》）。读书往心里去，往血液循环系统里走，就会成为涵养这种“气象”最好的养分。干旱贫瘠的沙漠中，终究还是难以长出参天的大树。这也很好地体现了我所讲的读书求知与读书养性这两点的融通化合。

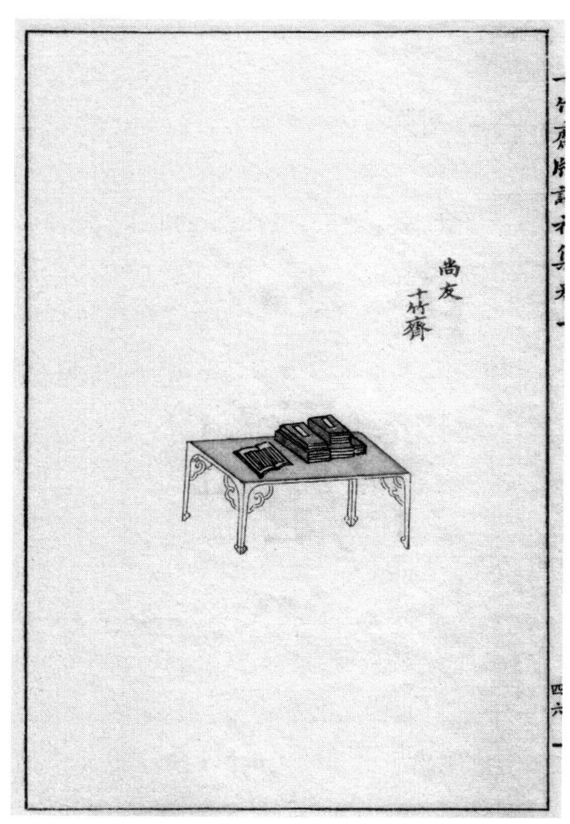

崇贤馆复制本《十竹斋笺谱》

我们用心读书，在生活中就会多怀有一些社会理想。然而现实的社会生活，与书中的理想往往会有很大反差。中国古代的读书人，当他们遭遇现实生活的困窘时，往往讲究要“尚友古人”。这幅《十竹斋笺谱》的画面，体现的就是这样的意境。所谓“尚友古人”，就是效法书中载述的那些先贤，而不向世俗屈服。

2019 年 4 月 11 日晚 19 时起讲说于建投书局·北京国贸店

我对弘扬中国传统文化的认识

现在很多人都在提倡弘扬中国的传统文化，这一点在社会上也获得了比较广泛的认同，但对于为什么要弘扬中国传统文化，人们强调的重点，却并不一定完全相同。在这里，我想简单谈谈自己的认识。

所谓中国传统文化，其主体构成，当然是儒家文化。

儒家文化中有很多违逆现代文明的东西，像“三纲五常”“三从四德”之类，这些东西是糟粕，必须予以彻底批判。五四运动，做的就是这个工作。没有五四运动对传统文化糟粕的清除，就没有中国共产党的诞生，就没有社会主义革命和新中国。因为社会主义是来自西方的新思潮，与这些传统文化中的糟粕是绝不相容的。今天大家齐心合力建设的新时代中国特色社会主义，就是在继承当年老一辈共产党人的遗志，所以，也一定要坚持对中国传统文化中这些糟粕的批判，这是我们在提倡弘扬传统文化时必须坚持的一个重要前提和基本出发点。

在这一大前提下，我们来看以儒家学说为标志的中国传统

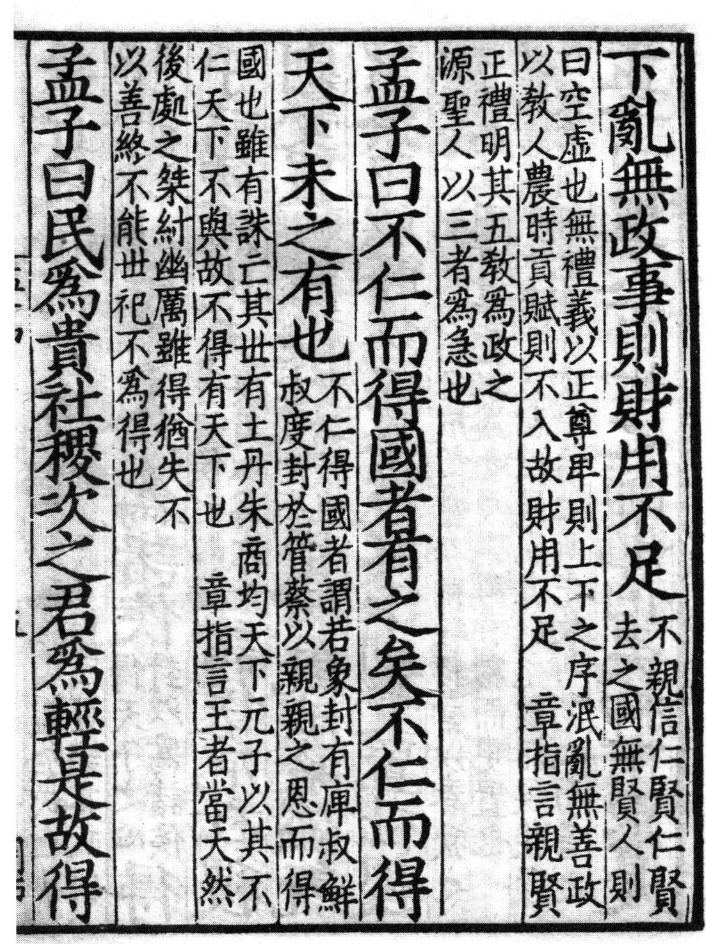

下亂無政事則財用不足不親信仁賢仁賢去之國無賢人則曰空虛也無禮義以正尊卑則上下之序泯亂無善政以教人農時貢賦則不入故財用不足　章指言親賢正禮明其五教爲政之源聖人以三者爲急也

孟子曰不仁而得國者有之矣不仁而得天下未之有也不仁得國者謂若象封有庳叔鮮叔度封於管蔡以親親之恩而得國也雖有誅亡其世有土丹朱商均天下元子以其不仁天下不與故不得有天下也　章指言王者當天然後處之桀紂幽厲雖得猶失不以善終不能世祀不爲得也

孟子曰民爲貴社稷次之君爲輕是故得

《四部丛刊初编》影印宋刻本《孟子》

文化，其中有一个重要的思想，是我们今天应当大力提倡和弘扬的，这就是孟子所阐述的“民本思想”。对“民本思想”，孟子用三句话做了非常清楚的表述，这就是“民为贵，社稷次之，君为轻”。就是说在一个国家政权中，人民是最重要的，是最需要珍重的；其次，是管理他们的国家政权；位居最后的，才是这个国家的君主。也就是说，一个国家政权，其一切政治行为始终要把国民利益放在第一位，与千千万万普通国民的利益相比，国家政权不足道也，国王（包括秦以后的皇帝）更是微不足道。

这一“民本思想”，被后世众多优秀的儒家知识分子所继承，于是，我们看到，有一批批儒家知识分子，前后相继，为了维护民众的利益，敢于挺身而出，和朝廷抗争，和皇帝抗争，甚至“舍得一身剐，敢把皇帝拉下马”。

这种思想，使得民众的利益在一定程度上得到了维护，从而或直接或间接地保障和促进了社会的发展。孟子以后，两千多年来，中华文明产生很多辉煌的成就，都与这种“民本思想”的坚持和实践具有密切关系。中国共产党是代表中国最广大人民群众根本利益的执政党，这种性质，与孟子的“民本思想”在内在实质上是相通的。因此，在今天我们仍然需要大力弘扬中国传统文化中的这一重要内容，以进一步推动社会的进步。

2018年8月16日晚记

【附案】本文系作者应有关方面之邀拟简单表述的看法，后计划变更，未能如约发表。

历史学家的历史课

很高兴回到古都西安，回到这个我曾经读书、工作并给我留下美好青春记忆的地方，在这个隆重的会场上，和各位朋友见面。

会议的组织者，让我在这里谈谈一个职业的历史学从业人员，该怎样给社会公众讲述历史知识这一问题。

这是个很大的问题，我没有能力做出周详的解说，只能从一个侧面来简单地谈谈自己的想法和做法。

包括在座的各位朋友在内，社会公众对历史知识的关注，常常聚焦于一些重大的考古发现，或是一些再现于世的久已失传的历史文献。这些新发现，带给人们很多思索，很多疑问，人们迫切地期望能够有专业的学者及时做出解答。

我相信，在我们西安，这种期望，会比其他地区的人们更加迫切，也更加强烈。三十七年前的1982年的春天，我在大学本科毕业后来到西安，进入陕西师范大学，跟随史念海先生、黄永年先生学习中国古代历史知识。在这座周秦汉唐的古侯"[①]。然而由此又可以进一步确证，霍光废黜刘贺帝位，是一场地地道道的宫廷政变。

这场政变，尽管相当成功，而且也非常顺利，但按照一般的情理来说，动手废除在位的皇帝，这终究不是人臣应该做的事情。以霍光处置事务之缜密，当然不能对此毫不顾忌。仔细分析前后相关纪事可以看到，除了动用上官皇后的身份做招牌之外，在行政程序上，他还有意给刘贺的皇帝身份留下了一个很明显的瑕疵，这就是废除刘贺帝位奏章中所说"陛下未见命高庙"[②]——也就是刘贺还没有"告庙"。

图15　海昏侯墓出土铜质磬虡底座[③]

① 《汉书》卷九〇《酷吏传·田延年》，页3665—3666。

② 《汉书》卷六八《霍光传》，页2945—2946。

③ 2016年3月拍摄于首都博物馆展厅。

《海昏侯刘贺》内文

都，前后生活过整整十年，深切地感受到浸润于我们关中老陕心中的历史情怀。

社会公众的这种期望，给历史学者提供了一个良好的契机，让学术研究回归于社会；也对历史学者的研究态度和研究能力提出了严峻的考验：考验着他们愿不愿意把自己的研究与社会公众的需求结合起来，考验着他们是不是能够及时地满足社会公众的需求。

近年来，我开始努力做一些尝试，来满足社会公众的需求。

于是，结合海昏侯墓的考古发现，我出版了《海昏侯刘贺》；结合《燕然山铭》的发现，我出版了《发现燕然山铭》。

在这里，在秦咸阳故都的土地上，特别值得一提的，是我刚刚在中华书局出版的《生死秦始皇》一书。这部小书，以近年新发现的一篇叫作《赵正书》的西汉文献为切入点，探讨了有关秦始皇和他所创建的大秦帝国的一些重要问题，提出了一系列新的看法。比如，秦始皇到底是姓嬴、姓秦还是姓赵？在他还活着的时候，人们能不能像现在历史课本里写的那样称他为“始皇帝”？秦二世到底是合法继位，还是靠阴谋上位的？赵高到底是不是宦官？等等，都是人们迫切需要了解的一些基本问题。

这些书，在努力提出新观点并注重专业深度的前提下，叙述的形式尽量生动灵活。我希望把这些书籍，作为提供给社会公众的“历史课本”。希望大家能够喜欢，希望对大家学习历史文化知识能够有所帮助；也希望得到大家的批评，以帮助我接下来更好地讲好这样的课。

2019 年 7 月 27 日下午讲说于国家新闻出版署、
陕西省人民政府和中国出版集团
在西安市曲江国际会展中心举办的“读者大会”

谈谈怎样学历史

主办者希望我来讲一讲怎样学历史的问题，这个问题看起来似乎很简单，但对于我来说，确实有点儿难。难是难在我本来不是学习历史学出身，是以自学为主，一路“摸着石头”走过来的，到现在还是稀里糊涂，根本没想明白历史是怎么回事儿，也就更说不清楚该怎样学历史了。

说这话，各位朋友可能觉得我有些太矫情，因为我毕竟是在中国最好的大学里教书，在给学生讲历史，必然要告诉学生应该怎样学历史和怎样研究历史。然而我确实极少讲这样的问题。除了刚刚讲过的原因之外，还与历史学学习和研究的一个特性有关——这就是它的个性化特征。

在学科一致认同的法则上，历史学不仅无法与理工科研究相提并论，也远远不能与很多社会学科相比，甚至可以说根本就没有共同的法则可以遵循。各路好汉往往还要不断与时俱进，一天一个样儿，花样翻新，是层出不穷的。

不过既然来到这里和大家交流，各位朋友又想听听我的想法，也只能就我所想、尽我所知，和大家说说我很浅薄同时也很片面的看法，供各位朋友参考。

按照我的理解，所谓学习，主要就是读书。过去老辈人管上学叫“念书”，足见书本的作用远远大于讲台上的老师。对任何知识的学习来说，自己找书读，都是头等重要的，学习历史知识也是这样。况且我们各位朋友都有自己的专业，是利用业余时间来学习历史知识，也就更应该以自己读书为主。

但是书籍很多，骤然看上去会觉得眼花缭乱，不知道读哪本书好，不知道从哪本书开始读好。下面我就主要针对这一点，谈谈我的看法。

首先，需要明确一下基本的范围。我是做中国史研究的，完全不懂外国史，所以，只能谈谈怎样学习中国历史知识的问题。更具体地说，我主要从事的专业，是中国历史地理学，特别是研究中国古代的历史地理问题。后来出于教学的需要和业余爱好，对历史文献学、古籍版本学，也花过一些功夫。不管是历史地理学，还是历史文献学，关注的主要时段，都是中国古代。我个人这些情况，决定了我在这里实际上只能谈谈怎样学习中国古代史知识的问题。其实，严格地说，我对中国古代史的主体问题，诸如政治史、经济史、文化史等，也是十足的外行（哪怕曾“横通”过一些相关的问题，比如我前两年写的《制造汉武帝》和刚刚出版的《发现燕然山铭》），所以在这里谈怎样学习中国古代史知识问题也是很勉强的，是不够格的，讲不好的。这是需要各位朋友能够理解并且给予谅解的。好在我和各位一样，在历史学方面，是自学出身，有一些自学者的体会，这和大家的需求，也许会稍微接近一些。

一　先读哪些现代学者的书

不管是利用业余时间来学习中国古代历史的各位朋友，还是从事这一专业的学生，最初接触或是刚刚入门的时候，最好是读一本通贯的概述性书籍。但遗憾得很，至今好像还没有看到一部这样的书籍。

上世纪50年代以来，政府主持编纂这种性质的书籍，基本上都是教科书式的著述。这种书，现在仍然是重要的入门书，但并不十分理想，或者说是十分不理想。这类著述中的每一种书籍，其基本的结构、视角和观点大体上没有太大的差别，随便看哪一本都差不多。不过一定要选一种读的话，我认为，相对比较好的一种，是北京大学历史系部分教员编著的《中国史纲要》。大家在学习中国古代史的时候，不妨先看看这部教科书，对中国古代历史的总体状况，有个大概的了解，然后再读其他的书籍。

就史学著述的撰著而言，这类通论性著述的根本缺陷，不在于你对它所秉持的所谓“历史唯物主义”观点是否认同，也不在于作者僵化地用一个简单的历史发展规律来笼罩和阐释变化多端的历史现象的做法，而是由“不通”的作者来写“通

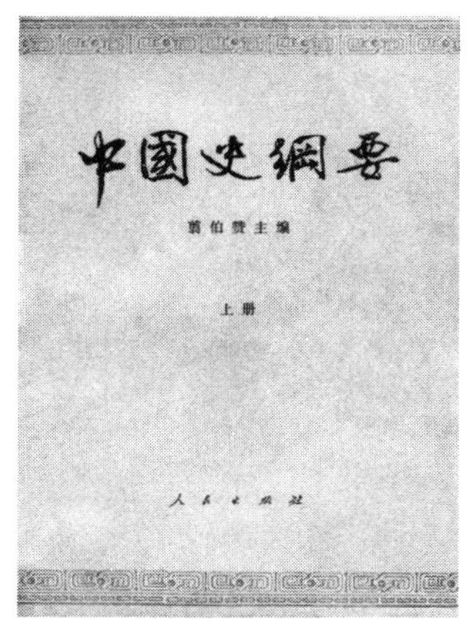

北京大学历史系部分教员编著《中国史纲要》

史”。这类书不是一大帮人集体编著，就是一个人来编录另外更大一帮人既有的成果。所以其形式上的“通”，实际只是看起来好像挺“全”、挺“系统”，好像成了一个“体系”，而就其内在实质看，自然是无法通贯畅达的。

所谓“通史”，需要作者以一种通贯的眼光，贯穿古今，挖掘并把握历史内在的脉络。然而人们对历史的认识，是一种主观的观察和判断，每个人看到的历史面貌都会有所不同，每个人对史事的评判也会有所差异，这就意味着由一批学者各司其职共同编写的通史，是不可能具备这样的功能的，因而也就失去了撰著通史最根本的意义，只能沦为一种官样的或者说八股文式的教材，虽然也有用，但没有魂。就目前中国史学界的实际情况而言，还没有什么人具备通贯的学识，足以写出像样的中国通史，而且在可预见的将来，也不会有人能够写得出来。

在座的各位朋友也都受过很好的教育，而且有很丰富的社会阅历，我相信大家不会以为学术研究是高深莫测的事情。历史学研究，实际上只是三百六十行中的一行，其他行业存在的弊病和无奈，在历史学研究中同样存在。

话说回来。这类书，大家若是不看我刚才说的《中国史纲要》，同类的国产“通史”性著述，另外看哪一种也都行，实际上差不了多少。附带说一下，这类书有个源头，都是从1941年在延安出版的《中国通史简编》（由范文澜等多位先生合编）中脱胎而出的，因此一直带有同样的血液和基因。

若是回头向后看，在上世纪40年代以前，还是有一些学者个人撰著的、真正的通史性著述的。

在这里，我想向大家推荐的，首先是钱穆先生的《国史大纲》。这部书内容简明扼要，著述的水平也很高，现在有新印本，是很容易找到的。

钱穆先生学问很好，用现在学术“市井”流行的话讲，当然是“大师”级的学者。这部书写得很好，主要好在书中充满了钱先生个人的学术见解，处处透露出他的学识和智慧，而且这些见解大多很深刻，眼光相当通贯，非徒纂录排比史事者可比，是非常值得一读的。

不过在向各位积极推荐这部佳作的同时，我也在这里谈一点对这部书的消极评价，供各位朋友参考。

所谓“对这部书的消极评价”，当然不是指它成书已久，

1948年修订重版本《中国通史简编》

无法体现学术界后来的新进展，特别是考古学的新发现，我是指钱穆先生看待中国历史和中国文化的基本立场。当时，面对汹涌而来的西方文化和社会上很多人对西方文化的追求与崇尚，钱穆先生特别强调中国文化的优越性，后来也始终以中国传统文化卫道士的面目，著书立说，讲学布道。他的著作，近年在我国大多已重印发售，追捧的人很多，甚至可以用“风行于世”来形容。我相信，在座的很多喜爱中国传统文化的人，对钱穆先生的这种观点和态度，一定是很认同的。

基于钱穆先生的这种观点和态度时下在中国很受欢迎，我觉得有必要和各位谈谈我的看法。

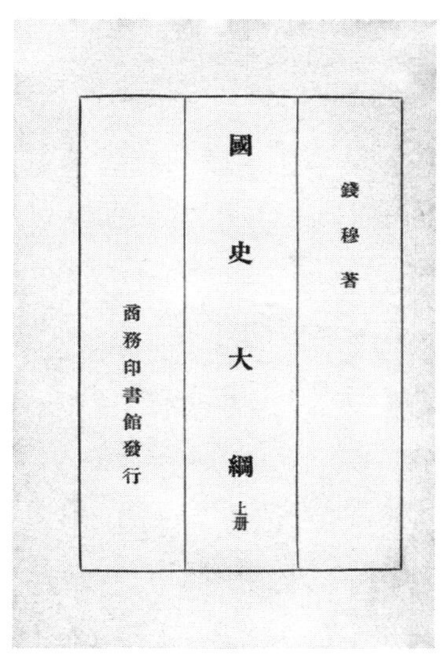

民国商务印书馆本《国史大纲》

总的来说，我是认同五四运动奠定的中国文化的发展方向的，大力阐扬来自西欧北美的民主和科学精神，以批判的眼光来审视传统文化。理性的思考，应该能够让我们认识到，中国传统文化是各个不同历史时期特定历史条件下的产物，而这些传统文化赖以产生和发展的社会条件自近代以来已经发生了重大变化。既然近代以来的社会生产力和生产关系较诸以往的传统社会都已经发生了根本性改变，按照历史的发展规律，社会文化形态的主体内容，也必然要与之匹配。显而易见，中国传统的文化，不管是先秦的孔孟儒学，还是宋明时期朱熹、王阳明的理学和心学，都远远落后于这个时代，非但不能成为救世、治世的良方，还早已成为社会前进的桎梏。我们在充分享受西方现代物质文明的同时，一定要清醒地认识到，西方现代文明也是一个整体，其物质文明和精神文明是无法剥离开的，不能只挑一项享用而把另一项扔到路边的垃圾堆里。

钱穆先生这样的历史观，当然有它的合理性，而且也有它存在的合理性和必然性、必须性，它会帮助我们更好地理解中国传统文化所包含的很多珍贵内容，让传统文化在现实生活中发挥积极的作用，包括矫正西方文明的很多弊病。但是钱穆先生的基本观点和态度，在现代社会中不能成为社会文化的主流，只能是众多文化构成要素中的很小一部分内容。

我们学习历史知识，除了丰富文化生活，使生活更加充实，更加多姿多彩之外，还会通过了解历史，来更好地体会生活的意义，认识社会的发展趋向。历史合理的发展方向，总是向前的，就像孙中山先生所讲的那样："世界潮流，浩浩荡荡，顺之则昌，逆之则亡。"

因此，我建议各位朋友，不要受到钱穆先生这些观念太多的影响，以便在阅读他的《国史大纲》等著作时能够得到更多积极的收获。

另外，各位朋友在阅读这部通史时还要适当注意，钱穆先生这部书的高明之处，就在勇于提出自己的见解，但这些见解，在这样的通史中讲一讲虽然很好，若是作为比较确定的学术观点，往往还需要做很多具体的论证，而在具体、深入的论证过程中，就会发现许多需要订正的地方。尽管这是学术研究中的必然现象，但钱穆先生《国史大纲》中的这一问题是比较突出的。钱穆先生其他一些著述，除了早年的成名作《先秦诸子系年》和《刘向歆父子年谱》之外，这方面的特点也都比较突出。因为现在他的书在中国大陆比较通行，所以我建议大家适当注意这一点。

我想向大家推荐的另一本民国时期的通史书，是吕思勉先生撰著的《吕著中国通史》。

吕思勉先生是一位非常卓越的学者，也是我个人特别景仰的近代史学大师之一。在我们熟知的诸位近代史学大师之中，吕思勉先生是唯一一位逐字通读，并且动笔点读过“二十四史”的学者。有人说他读过七遍“二十四史”，这或许多少有些夸张，但据我的老师黄永年先生说，至少应读过四遍或四遍以上（黄永年《回忆我的老师吕诚之（思勉）先生》）。他主张专门治史的学者，对历代正史“最好能读两遍”（吕思勉《怎样读中国历史》），但实际上只有他自己，肯花这样的苦功夫，而只有花过这样的功夫，才有可能真正具备通贯的史识，写成地道的“通史”。

读《吕著中国通史》，有一个学术史的背景，需要适当予以注意。清代的学术，是中国现代学术起步的重要基础，而清代的学术，大体可以划分为两个大的派别，分别被称作“宋学”与“汉学”。在治学实践过程中，宋学家对待历史，强调通贯的整体认识，注重认识历史事实背后所蕴含的“义理”，而汉学家则更加侧重具体史事的考订，着重复原历史的真实形

1992年华东师范大学出版社重印本《吕著中国通史》

态。其中后一派是清代学术的主流，前一派人数相对较少。按照我个人很不成熟的看法，现在学术界很多人推崇的汉学大师顾炎武，做的实际上是宋学，而赵翼是清代中期宋学在治史方面的代表性人物。民国时历史学的主流，更多地继承的是清代汉学家的路数，而吕思勉是当时为数不多的能够直接上承顾炎武、赵翼这一学统的历史学家。我觉得了解这一学术谱系，对准确认识吕思勉的学术思想，读好《吕著中国通史》，或许会有一定的参考价值。

这部《吕著中国通史》的写法颇有独到之处。全书由上编和下编两大部分构成。上编是分门别类地讲文化史，或者说是文化史、社会史和制度史，包括婚姻、族制、政体、阶级、财

· 2 ·

目　录

上　编

下　编

中国通史　· 3 ·

《吕著中国通史》目录

产、官制、选举、赋税、兵制、刑法、实业、货币、衣食、住行、教育、语文、学术、宗教这十八个门目。下编是按照历史的前后发展阶段讲政治史。这样纵横交错，作为一部入门的通史，内容是相当完备的。

需要注意的是，这部书撰成并出版于上世纪 40 年代，除了很多内容后来都有新的研究成果之外，书中有一些内容是为抵抗日本军队对中国的侵略有为而发，而今时过境迁，对这些内容，是应该给予更加客观的认识的。

吕思勉先生在撰写这部《吕著中国通史》之前，还出版过一部《白话本国史》，先分时代，再在各个时代下分论政治史与文化史、制度史。这部书在出版时标示云“自修适用”，可见当时被认为是适于自学的。这本书虽出版时间更早（上世纪

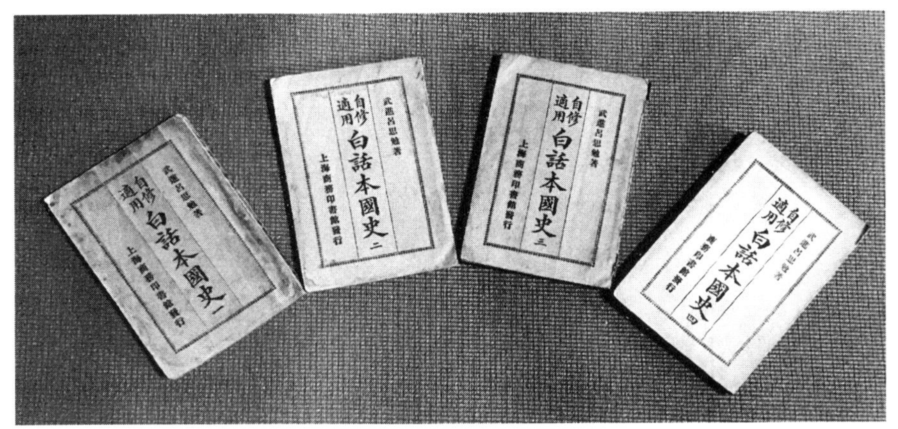

1926年第4版《白话本国史》

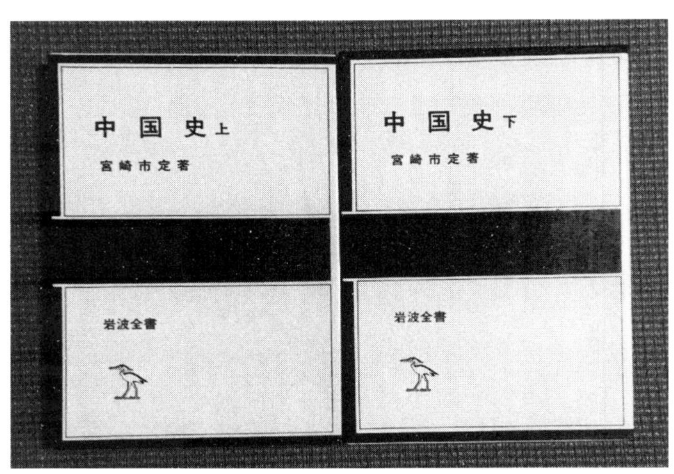

日本岩波书店1978年原版宫崎市定著《中国史》

20年代），但今天仍可以参考，上海古籍出版社也有新印本，现在年轻的读者对它的评价也是很高的。

最后给大家介绍一本外国学者写的中国通史著作，这就是日本学者宫崎市定先生撰著的《中国史》，1978年由日本岩波书店出版，中国有浙江人民出版社出版的焦堃、瞿柘如翻译本。宫崎市定先生是在上世纪90年代去世的，像他那样的对中国历史的通贯研究，在现在世界各国还活着的中国史学者中，都再也看不到了。知道这一点，大家就能明白这样的中国通史所具有的分量和价值。

看惯了中国大陆上世纪50年代以后通史教科书的中国人，读宫崎市定先生这部《中国史》，会有很强的新鲜感，诸如大的历史分期和世界性的视角等，都与中国学者的传统看法有很大区别。除了深厚的积累之外，宫崎市定先生还是一位很有情趣的学者，在撰著的过程中，他还特别注重写入个人对历史的感觉。这些都会让朋友们体味到一种中国学者同类著作所没有的味道，有一种很特别的体验。

上面我向各位介绍的这些书，只是最一般的入门书，各位朋友可以根据自己的兴趣，选择一部分先看看。但学历史，即使是搞专业，也没有必要都记住不可；大家是业余爱好，更不必给自己提硬性的要求，尽量放松心情随便看好了，记住什么算什么，什么都记不住也没有关系。看了，你就会有个印象，这种印象，就是收获，而且是很重要的收获。

在大致翻过一两种上面讲过的通史性论著以后，对什么问

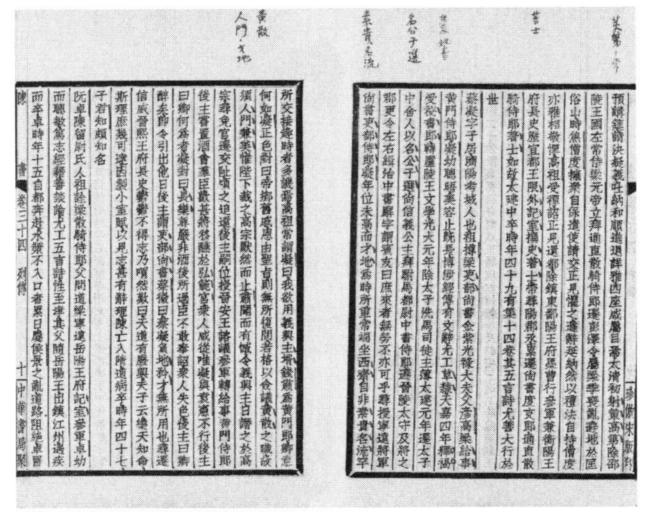

預歸讌錫決疑義吐納和順進退詳雅西座咸屬目焉太清初射策高第除邵陵王國左常侍梁元帝立尋通直散騎侍郎遷彭澤令屬梁季喪亂避地於匡俗山時焦僧度擁衆自保遣使請交正見懼之逡巡延納然以禮法自持僧度亦雅相敬憚高祖受禪詔正見還都除鎮東鄱陽王府墨曹行參軍兼衡陽王府長史歷宜都王限外記室撰史著士帶尋陽郡丞累遷尚書度支郎通直散騎侍郎著士如故太建中卒時年四十九有集十四卷其五言詩尤善大行於世

蔡凝字子居濟陽考城人也祖撙梁吏部尚書金紫光祿大夫父彥高梁給事黃門侍郎凝幼聰晤美容止既長博涉經傳有文辭尤工草隸天嘉四年釋褐受祕書郎轉廬陵王文學光大元年除太子洗馬司徒主簿太建元年遷太子中舍人以名公子選尚信義公主拜駙馬都尉中書侍郎遷晉陵太守及將之郡更令左右織絡中書解字謝賓友曰庶來者無勞不亦可乎尋授寧遠將軍尚書吏部侍郎凝年位未高而才地為時所重常端坐西齋自非素貴名流罕所交接趨時者多譏焉高祖常謂凝曰我欲用義興主壻錢肅為黃門郎卿意何如凝正色對曰帝鄉舊戚恩由聖旨則無所復問若格以僉議黃散之職故須人門兼美惟陛下裁之高宗默然而止肅聞而有憾令義興主日譖之於高宗尋免官遷交阯頃之追還後主嗣位授晉安王諮議參軍轉給事黃門侍郎後主嘗置酒會羣臣歡甚將移醼於弘範宮衆人咸從唯凝與袁憲不行後主曰卿何為者凝對曰長樂尊嚴非酒後所過臣不敢奉詔衆人失色後主曰卿醉矣即令引出他日後主謂吏部尚書蔡徵曰蔡凝負地矜才無所用也尋遷信威晉熙王府長史鬱鬱不得志乃喟然歎曰天道有廢興夫子云樂天知命斯理庶幾可達因製小室賦以見志甚有辭理陳亡入隋道病卒時年四十七子君知頗知名

阮卓陳留尉氏人祖詮梁散騎侍郎父問道梁寧遠岳陽王府記室參軍卓幼而聰敏篤志經籍善談論尤工五言詩性至孝其父隨岳陽王出鎮江州遇疾而卒卓時年十五自都奔赴水漿不入口者累日屬侯景之亂道路阻絕卓冒

陳書 卷三十四 列傳 十 中華書局聚

敝人所藏宫崎市定先生手批《四部备要》本《陈书》

题、什么时代感兴趣，就可以随意去看一些相关的现当代史学著述（比如人物传记，我觉得这是最好的历史读物）。自己觉得有必要时，可以回过头来，再重看相关的中国通史知识，这样你会有不同的感觉，会有更深入的认识。

二　该怎样去读和读好哪些古代的史书

陕西有句俗话说，吃人嚼过的馍不香。在了解了最基本的中国通史书籍之后，各位朋友大概很想了解怎样直接阅读古代的历史书和普通业余爱好者应该去读哪些古代的历史书。说老实话，这个问题也很不好讲，不用说大家一定会各有各的需求，就是面对同样的需求，不同的人也会有不同的意见。下面我只能勉为其难，谈谈我自己的想法。

首先，我们应该怎样去直接阅读古代的历史书？学中国古代的历史，很多人都会产生自己直接阅读古籍的愿望，人们会希望通过自己的眼睛，看看古书是怎样记载某个人或某件事的。这就像很多人并不仅仅满足于听到法庭对罪犯的宣判结果，还很想了解警察的侦查过程和法官的审判过程一样，不仅是出于好奇心的驱使，而是真正和彻底的了解，是需要直接考察原始的素材并尽量介入认识的过程的。实际上，这已经非常接近或是在相当程度上进入历史研究的过程了。这样大家也就明白了，通过看古代的历史书来学习历史知识，通常会使自己的认识更直接、更细致、更深入，往往也会更加准确。

说起直接阅读古代的历史书籍，一些朋友可能感到有些困难，觉得是不是读些现代人的选注本会更好些。对这个问题，我是有些不同看法的。

我的意见是，先适当看一看现代人的选注本是可以的，但大家如果想多学些历史知识，深入了解一些历史知识，终究是要直接阅读一些古代史籍的原本的。

假如在座的朋友们有这样的愿望，至少一部分人，首先会遇到一个形式上的障碍，这就是正体字的阻拦。我讲的“正体字”，也就是现在社会上习称的“繁体字”。因为官方把“简化字”定为“正体”，真正的“正体字”就被打入另册，成了

“繁体”了。由于平常使用的是变形的简化字，乍一看到它本来的样子，自然会发蒙，认不出来，但只要定下神来看一会儿，绝大多数字都是能够认识的，只要想读，识读正体字并不难，适当查一查字典，多读，习惯就好了。大家到海外去，看那些正体字的牌匾，不是都没认差吗？这就证明只要有足够的动力，各位稍加努力，就都能看懂古籍原本。

阅读古籍原本的时候，除了基本的字典（如《汉语大字典》《汉语大词典》《辞源》《王力古汉语字典》等）以外，为准确理解古文，还需要文言虚词的专用词典，在这一方面，可以看一下杨树达先生的《词诠》。另外，针对古籍中一些比较特别的内容，最好再配上三类工具书。一类是查找某历史时期的地名，以了解所阅读史事的基本空间关系。在这一方面，最好是看谭其骧先生主编的《中国历史地图集》。这部地图集，按照朝代先后，分成很多个“时间断面”，八册一套，每一册后面都有地名索引，大家看哪一时期的史事，就查看哪一册，是很方便的。另一类是查找古代的官名，以了解历史人物的社会地位。在这一方面，张政烺先生主编的《中国古代职官大辞典》还是可以一用的。还有一类，是查找史事的年代，以了解古代的纪年形式。这方面的工具书，我以为方诗铭先生编著的《中国历史纪年表》最好用。不过使用时需要注意，现存史籍中先秦时期，特别是战国时期纪事的年代问题比较复杂，这个年表反映的不一定都准确无误。

但大家一定要注意，各位读书时遇到的地名、官名以及有些纪年问题，在上述工具书里并不都能找到答案，找到了也不一定准确。这是非常正常的，一方面，是由于研究历史问题非常复杂，也非常艰辛，各个时代的地名和官名以及纪年问题，都涉及甚广，用“浩无涯涘”来形容也不过分，因而很多问题，编著这些工具书时史学界还没有答案，或是没有完满的答案；另一方面，由于种种主观和客观的原因，这些工具书的编著者不可能一无所遗地吸取所有已经取得的研究成果，这就进一步加深了上述书籍的缺陷。

阅读古代史籍的原本，当然离不开文史工具书，不光是各位业余爱好者，专家同样需要。这样的工具书还有很多，大家要想进一步了解相关文史工具书的情况，可以去看黄永年先生的《文史工具书简介》。黄永年先生是我的老师，他的文史知识素养，在并世学者中算得上是最全面、最丰富的。《文史工具书简介》篇幅很小，深入浅出，真的是“大家小书”，相信随着各位阅读史籍的进展，它会给大家提供很多实实在在的帮助。这篇《文史工具书简介》收录在黄永年先生的《古文献学四讲》（鹭江出版社）一书中。此书后来又易名为《古文献学讲义》，在上海中西书局出版，现在很容易买到。

其实不仅是这些地名和官名，很多人在阅读中国古代典籍原本时，面对的主要困难，不是正体字，而是字的后面所蕴含的历史实质，用我们圈子里的习惯说法，主要是“典章制度”方面的问题。各位朋友千万不要以为自己基础差才读不懂，即使是专门研究中国古代历史的学者，若不是专门从事相关问题的研究，大多也不能完全读懂这些内容，这是一种非常正常的“常态”。“专家”和大家的差别，是在必要时，一些好的专家知道到哪里去查找答案，知道怎样弄明白这些问题。但在当前的中国史学界，能够做到这一点的史学工作者，也不是很多，学者们在做研究时，大多数人都只是从古书中“各取所需”而已。

既然读不懂，那这书还怎么读？在这里，我向各位郑重推荐一个好办法——这就是“不求甚解”法。这个方法，是从我的老师黄永年先生那里得来的，而他的老师吕思勉先生就讲授过这个法子，可谓传承有自。提倡这样读古书，是由于时过境迁，语言环境和文句的表述形式，都发生了很大变化，而这种变化，给后人的理解造成了很大困难。因而，从本质上讲，人们对历史典籍的理解，只能是一个渐进的过程，专家学者也是这样。

像司马迁的《史记》，是众所周知的史学名著，可是它的很多文句，究竟该怎样断句、怎样理解，两千多年来，一直没有很好的答案。

例如《史记·秦始皇本纪》中有一句话，是在秦始皇三十三年“禁不得祠明星出西方”，中华书局旧点校本把它断成两句，读作：“禁不得祠。明星出西方。”实际上也说不清是什么意思。这是因为古代的学者就一直不明白这句话是什么意思，因而也无法做出正确的断句。民国时，先是有日本著名学者藤田丰八，把这个句子中的“不得”理解成“佛陀”的异写，也就是梵语 Buddha 的对音；接着又有中国学者刘节说“不得”是指一种状如“青兕”的“犁牛”，也就是现在所说的“牦牛”，“不得祠”则是中国的民间崇拜，而岑仲勉又把它解释成是“拜火教”的一种音译。其实“禁不得”本来是秦汉人平平常常的一个口头语，就是“禁而勿为”的意思，却快被专家们解释成世界宗教大全了。当年中华书局做旧点校《史记》时，基本上是承用了藤田丰八等学者的理解和断句（更著名的大师陈寅恪先生也很重视藤田丰八先生的观点）。北京大学的邓广铭先生和周一良先生等人，对岑仲勉先生的看法大为不满，却也无法对这个句子做出更好的解读并提供更加合理的断句意见。2010年我写了篇文章，题为《秦始皇禁祠明星事解》（收入拙著《旧史舆地文录》），辨明“明星出西方”是指太白金星在日落前显现于西方天空的这一状态，才算对这个句子得出符合太史公本义的理解，并做出符合其原意的断句（现在的中华书局新点校本《史记》已经采纳了我的意见）。

这个句子，看似简单，似乎读懂读不懂也关系不大，实际上却显示出暴君秦始皇色厉内荏的心态，对我们全面理解其人其事是相当重要的一个环节，可是世世代代的学者，却长期稀里糊涂地读了过来，也没有影响他们长篇大论地写秦始皇、评秦始皇。那么，各位朋友作为很普通的业余爱好者，有些内容一时读不懂，不是太正常了吗，这又有什么关系呢？

听我讲这个例子，有些朋友或许会觉得这涉及古代的天文学知识，有些太专门了，一般专家不懂也很正常，并不能用这样特别的事例来说明一般情况，但实际上即使是看起来很普通

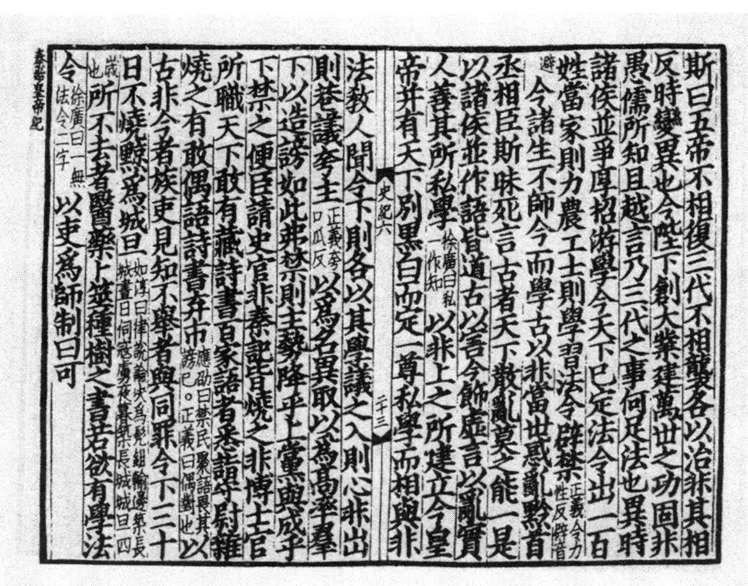
斯曰五帝不相復三代不相襲各以治非其相反時變異也今陛下創大業建萬世之功固非愚儒所知且越言乃三代之事何足法也異時諸侯並爭厚招游學今天下已定法令出一百姓當家則力農工士則學習法令辟禁（正義令力性反辟音避）今諸生不師今而學古以非當世惑亂黔首丞相臣斯昧死言古者天下散亂莫之能一是以諸侯並作語皆道古以害今飾虛言以亂實人善其所私學（徐廣曰私一作知）以非上之所建立今皇帝并有天下別黑白而定一尊私學而相與非

史記六　二十三

法教人聞令下則各以其學議之入則心非出則巷議夸主（正義夸口瓜反）以為名異取以為高率羣下以造謗如此弗禁則主勢降乎上黨與成乎下禁之便臣請史官非秦記皆燒之非博士官所職天下敢有藏詩書百家語者悉詣守尉雜燒之有敢偶語詩書弃市（應劭曰禁民聚語畏其謗已。正義曰偶對也）以古非今者族吏見知不舉者與同罪令下三十日不燒黥為城旦（如淳曰律說論決為髡鉗輸邊築長城晝日伺寇虜夜暮築長城城旦四歲也）所不去者醫藥卜筮種樹之書若欲有學法令（徐廣曰一無法令二字）以吏為師制曰可

秦始皇本紀

百衲本《二十四史》影印南宋建安黄善夫书坊刊三家注合刻本《史记》

的语句，不涉及像天文学这样的专门的知识领域，同样存在大量这类问题。去年年底我在广西师范大学出版社出版的《史记新本校勘》一书，所做考订，大多属于这样的性质。

下面我再举述一个很多人都可能熟知的例子，来说明这一点。这也是《史记·秦始皇本纪》中的一句话，是紧接着刚才提到的“禁不得祠明星出西方”那件事之后，在这下一年，也就是秦始皇三十四年，李斯给秦始皇出坏主意，让他“别黑白而定一尊”，同时“请史官非秦记皆烧之。非博士官所职，天下敢有藏《诗》、《书》、百家语者，悉诣守、尉杂烧之。有敢偶语《诗》《书》者弃市。以古非今者族”。秦始皇所谓“焚书坑儒”，即发端于此，但千百年来，人们对“有敢偶语《诗》《书》者弃市”这句话的理解，却并不一定准确。

人们是普遍将其理解成相对或是相聚私语《诗经》和《尚书》就要遭受“弃市”的惩处，也就是在闹市中将这些人处死并陈尸示众。但稍加思索，就会发现，这样的解释未必可信。秦法虽然严酷，尚不至于如此。难道春秋战国以来动辄称引《诗》《书》的习惯做法，真的就会被一下子彻底摒除？怎么想这都有些不可思议。两个少男少女见面近乎近乎，吟上两句“关关雎鸠”“君子好逑”，又会对秦王朝造成什么威胁？秦始皇和李斯这对君臣又何必如此不恤民俗民情、毫无缘由地做这种戕害天下苍生的事儿呢？类似禁绝对语《诗》《书》或聚语《诗》《书》的情况，确实有过，但那是在后来更残暴的君主统治下发生的，而不是始皇帝下的命令。

这个问题比较复杂，稍过一段时间，我会撰写专文加以论述，在这里顾不上详细解说，但以往既有的解释，我敢断言是存在很大谬误的。然而类似的对个别内容的误读误解，并不妨碍人们从总体上阅读《史记》，理解《史记》，事实上对所有历史文献的解读，都只能在利用的过程中逐渐加深认识。认识历史，是一个渐进的过程，是一个逐渐逼近事实真相的过程。

我们学习历史知识也是这样，先“不求甚解”，得其大意，这样才能在阅读的过程中，丰富我们的历史知识，深化我们的历史知识。直接读原典，才能够让我们贴近历史，而贴近了，才能更好地认识历史，更好地了解历史。对读不太懂的那些内容怎么办？有些内容，读多了，慢慢就明白了；有些内容，特别是自己最感兴趣的内容，一边读，一边查阅相关的工具书、参考书，就能明白，或是明白一部分；还有一些内容，只能朦朦胧胧地对付着看，以后再说，甚至永远也弄不明白。在座的朋友要是看过《金瓶梅》，或是看过《红楼梦》（不过身处太平世界，最好只谈风月，没事儿别看《水浒传》），都会有过这样的体会——其实是没有几个人能把这些小说中的文句全都看懂的，看历史书，本质上也是这样。

那么，我们在初读古代的历史著述时先读些什么书好呢？这实在不太好回答，因为每个人的情况、程度、爱好都不尽相同，很难有共同的选择。在这里，我只能谈谈可能对多数人比较适宜的一般性方案。

谈到这一问题，需要首先大致了解一下中国古代史书的主要形式。

中国古代最早出现的历史纪事体裁，应该是按照年月顺序载录大事的“编年体”，著名的《春秋》，就是春秋时期鲁国的编年体史书，这也是现存年代最早的中国古代史籍。另外，还有西晋时期在今河南汲县出土的所谓《竹书纪年》，是战国时期魏国的编年体史书。这种史书，后来最有名的，是北宋司马光编著的《资治通鉴》。

从本质上讲，历史学是研究人类活动时间属性的科学，而编年体史书是严格按照事件发生的时间顺序编著的，因而也可

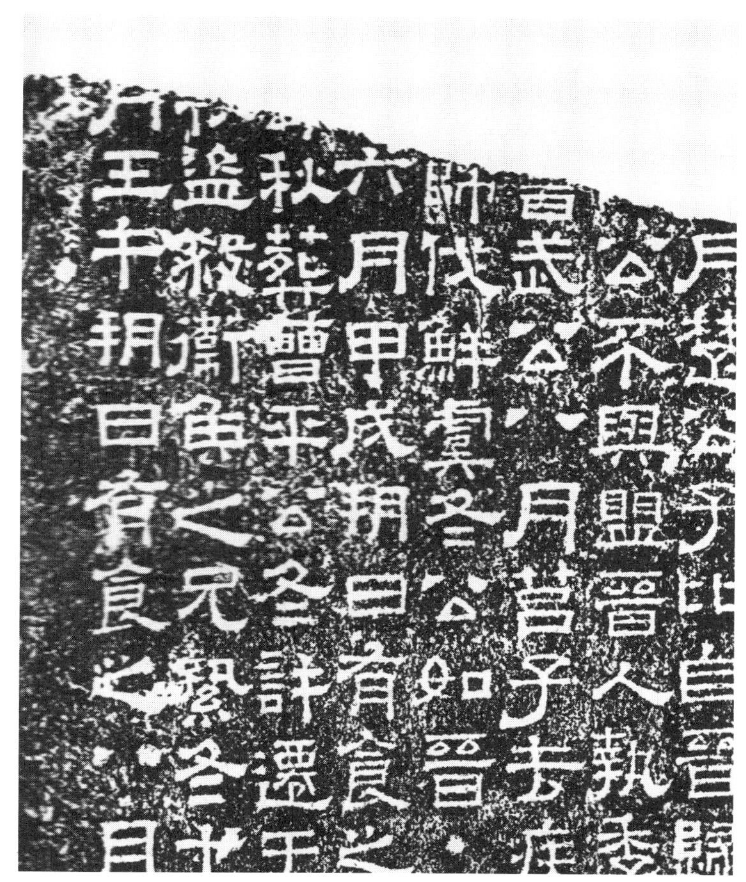

东汉熹平石经《春秋》残石拓片（据马衡《汉石经集存》）

以说编年体史书是最符合历史学本质的史书体裁。也正是基于这一点，很多学者主张优先阅读编年体史书，特别是读编年体史书的杰出代表《资治通鉴》。

关于这一点，我是不大赞成的，这不仅是针对像各位这样的历史爱好者，即使是历史系的学生，即使是专业的历史学研究人员，也是这样。

为什么呢？像《春秋》这样地道的早期编年体史书，内容太简略，只是个大纲，只有骨头没有肉，看不到多少诱人的东西。所谓“诱人”，是讲引人入胜，要有“故事性”，这才丰满，才好看。因为真实的历史，一直是而且永远是充满“故事性”的，干瘪的编年大纲，不仅普通读者看着难受，专家也看不到历史事件和历史人物的各个侧面，这样认识到的历史，必然是非常片面的。

其实正因为这种编年体的史书太干瘪，于是有了给《春秋》添肉的《左传》。在座的各位要是在中学教科书里读到过早期史书的片段，那十有八九会是《左传》。因为《左传》的内容要比《春秋》丰富得多，也生动得多，单纯就某一片段来说，都是很好看的。

北宋时期大政治家司马光编著的《资治通鉴》，就是继承《左传》这一传统，而且在内容的丰富性上，还远远超逸于《左传》。不过丰腴倒是相当丰腴了，但也不是变骨感为肉感就好看了，说不定看起来会更不舒服。不舒服在哪里呢？与《春秋》和《竹书纪年》相比，《通鉴》的纪事，因为继承并发扬

解隱公第一 釋文(音)佳買切舊夫子之經與丘明之傳各卷杜氏合而釋之故曰經傳
息姑惠公之子母聲子謚法不尸其位曰隱第氏傳公羊穀梁二傳既顯姓別之此不言
杜氏 盡十一年

孟子 言元妃明始適夫人也子宋姓惠公[illegible]皇謚法愛人好與曰惠其子隱公讓國之君(妃)芳非切傳曰嘉耦曰妃(適)本又作嫡同丁歷切
孟子卒 不稱薨不成喪也無謚先夫死不得從夫謚(謚)實至切 繼
室以聲子生隱公 聲謚也蓋孟子之姪娣也諸侯始娶則同姓之國以姪娣媵元妃死則次妃攝治內事猶不得稱夫人故謂之繼室(姪)直結切字林丈一切兄女也(娣)大計切女弟也(媵)七住切(攝)以證切又繩證切 宋武公
生仲子仲子生而有文在其手曰為魯夫人故仲子歸于我 婦人謂嫁曰歸以手理自然成字有若天命故嫁之於魯釋文婦人謂嫁曰歸本或無曰字此依公羊傳 生桓公而惠
公薨 言歸魯而生男惠公不以桓生之年薨 是以隱公立而奉之 隱公繼室之子當嗣世以禎祥之故追成父志為桓尚少是以立為大子帥國人奉之為經元年春不書即位傳(禎)音貞(少)詩照切(大)音泰舊太字皆作大後大子皆放此(為)于偽切後凡為經為傳張本起本之例皆放此更不音
經元年春王正月 隱公之始年周王之正月也凡人君即位欲其體元以居正故不言一年一月也隱雖不

《四部丛刊初编》影印宋刻巾箱本《春秋经传集解》(即《左传》注)

了《左传》的写法，有很多细节，这是它看起来“很美”的地方，但细节多了，也出现了很多细节互不连贯的问题。

这是因为一件大事的发生，从其萌生、开始到结束，总是要有一个过程的，这就意味着要哩哩啦啦地经历很长一段时间，不是当天记一笔就完了的，清朝修《四库全书》时，评价其这一特点说：“一事而隔越数卷，首尾难稽。”（《四库全书总目》卷四九“通鉴纪事本末”条）在另一方面，由于纪事内容比较丰富，《通鉴》同一时间点上，还要记述其他很多事项，这样就要在同一时间记述很多事情的一些零星碎片，这些碎片之间，在横向上又不都是具有对应的关系，甚至有很多碎片是天差地别、毫无关系的另一码事，这就愈加增强了查看某一事件前后演进过程的难度。

大家想一想，就会明白，这种看起来好像很严整的书，实际读起来会有多乱：看到后边的结果时，早忘了前边的起因了，更联系不起来中间涣散的复杂过程，它绝不像你在中学教科书中读到的同一时间点上的片段那样清晰。即使是专家为了研究某方面的问题而不得不读，也得咬着牙、皱着眉头苦读，谁要说通读《资治通鉴》会读得津津有味，那我真要佩服得五体投地了——这一定是志向崇高远大的真学者，不像我，读书主要是因为这事儿让我很快乐，读起来很好玩儿。

不过《资治通鉴》确实是一部高水平的史学著作，其纪事上承《春秋》，始于战国韩、魏、赵三家分晋，下迄五代末年，以政治史为中心，在经过系统的梳理考订之后，载录了这么长一个时段的历史发展脉络，而这一段历史，恰恰是我们学习中国古代历史知识时，最适合首先切入的（战国以前的史事，文献记载太简略，很多问题都很模糊，初学会遇到太多的困惑；而宋代以后，则文献记载头绪太多，过于纷乱，所以先从战国至五代这一段开始学习是比较适宜的），政治史也是我们学习所有历史知识最重要，也最引人入胜的基本内容，所以，若是抛开其编著形式不谈，《资治通鉴》的内容，总的来说，还是非常适合大家阅读的，适合作为了解中国古代历史的基本典籍。

听我翻来覆去地这样说，各位一定充满困惑：到底是该读《通鉴》，还是不该读《通鉴》呢？我的意见是该读，但要换个法子来读，这就是我们不直接读《通鉴》原书，而是去读根据《通鉴》改编的《通鉴纪事本末》。

这部书是由南宋时人袁枢编著的，他从《通鉴》记述的史事中，选出一些重大问题作为专题，把与此相关的记载，汇聚到每一个专题之下。例如，其开篇第一卷的三个专题分别是"三家分晋""秦并六国"和"豪杰亡秦"，第二卷的七个专题分别是"高帝灭楚""诸将之叛""匈奴和亲""诸吕之变""南越称藩""七国之叛"和"梁孝王骄纵"，每一个专题讲的是什么事儿，一目了然。如此一来，一件事便原原本本，有始有末，故称"纪事本末"。我的老师黄永年先生讲，他高中二年级随吕思勉先生读书时，试读《通鉴》而畏其繁难，于是就改读《通鉴纪事本末》，读起来感觉像看《三国演义》之类章回小说一样津津有味，足以说明这部《通鉴纪事本末》要比《通

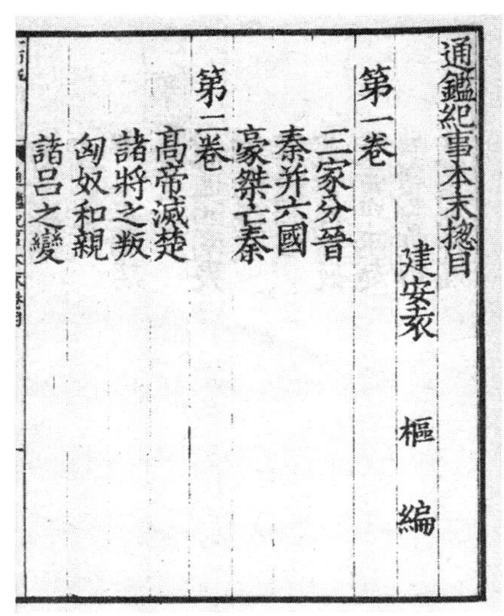

通鑑紀事本末捴目　建安袁　樞　編

第一卷

三家分晉

秦并六國

豪桀亡秦

第二卷

高帝滅楚

諸將之叛

匈奴和親

諸呂之變

《四部丛刊初编》影印宋刊大字本《通鉴纪事本末》

鉴》原书更适宜初读史书者阅览。

清朝的四库馆臣，对袁枢此书评价甚高，称誉这样的体例“实前古之所未见也”（《四库全书总目》卷四九“通鉴纪事本末”条）。这种说法，实际上不尽妥当，清华大学近年收藏的战国竹书《系年》以及《越公其事》等，就与这种“纪事本末”体颇为相近。实际上《左传》能够编纂成书，也必定要以大量同类的纪事性著述为基础。我讲所谓“纪事本末”体这一渊源，是想要向各位说明，这样一种体裁，本来是很适宜载述一些历史上的大事的。

各位朋友试读一下，如果很喜欢，在读过《通鉴纪事本末》之后，在了解其他时代的史事时，也可以首先阅读一些同类的“纪事本末”性著述。譬如，清人马骕的《左传事纬》（清人高士奇另有《左传纪事本末》，书名好像和《通鉴纪事本末》更搭，但内容不如马骕《左传事纬》高明），明人陈邦瞻的《宋史纪事本末》和《元史纪事本末》，清人李有棠的《辽史纪事本末》和《金史纪事本末》，清人谷应泰的《明史纪事本末》，等等。

在听到我的介绍之前，我想在座的大多数朋友对《通鉴纪事本末》这本书应该是很陌生的，甚至很多人都是闻所未闻的。这是因为这部书只是分门别类地摘录《通鉴》原文，这样对历史研究来说，没有独立的史料价值，因而学者们便轻视它，那些“一本正经”的学者就不会觉得这书有用，更不会向人推荐这部书。当然也有一些学者，会因为装腔作势而不愿意提到，怕因此而被别人看低了自己。

假如不摆什么架子说实在话，我甚至觉得民国时期蔡东藩先生撰写的演义体历史小说《历代通俗演义》，也就是所谓《二十四史演义》，或许是很多人学习中国古代史较好的入门读物。当年我读研究生时，我的老师史念海先生就讲过这样的话，柴德赓先生还专门撰写一篇文章做过同样的论述（《蔡东藩及其〈中国历代演义〉》）。这是因为蔡东藩的书虽属小说，但其主体内容却相当质实，不唯大率不离史实，且作者下笔还颇事斟酌考证之功，可以帮助初学者对历史大势有个生动、具体的印象。通过这样的书先对历代历史形成一个大致的知识轮

清华大学藏战国竹书《系年》（据《清华大学藏战国竹简（贰）》）

廓，不仅不会妨碍以后继续阅读严谨的历史著作，而且还会对更加深入准确地认识历史提供重要的帮助，只要读者知道自己先前看的是小说，逐渐剔除那些想象编造的成分就是了。

在介绍完《通鉴纪事本末》这部有些“另类”的书之后，我想向大家再推荐人所熟知的两部书，这就是西汉时期司马迁撰著的《史记》和东汉时期班固撰著的《汉书》。

《史记》是中国历史上第一部纪传体史书。太史公司马迁创制了纪传体这一体例，并且被班固的《汉书》所继承，后来成为官方史书的通用体例，累积形成所谓“二十四史”，并且被称作“正史”。

所谓“纪传体”史书，是有皇帝的“本纪”，还有各方面重要的代表性人物的“列传”（另外或许还有记录典章制度的“志”和以表格的形式罗列史事的“表”），其中最有创意的是人物列传，这是前所未有的一种体裁。这种体裁的史书，不仅在传世文献中是第一部，而且在累年出土的大量战国秦汉时期的历史著述中，此前也没有见到过第二部。我之所以在这里向各位推荐这部书，首先就是基于这一点。

我们一般所谈的“历史”，是人在时间长河中流动的过程，所以人是历史的核心，人的命运才是历史的实质内容。《史记》等纪传体史书中的“本纪”，从本质上说，不过是《春秋》等编年体史书的延续，是编年的大事记，但司马迁没有像《左传》以至《资治通鉴》那样，把相关的细节和过程，一并列入其中，而是另辟蹊径，用列传这种形式，直接把一个个活生生的人推到历史舞台的中央，再现历史活动的具体场景。

人的形象和作用被凸显出来，故事就生动了，历史也就好看了；更何况司马迁还是饱含一腔正义记述这些人的故事。这就是我向各位大力推荐《史记》的一项主要原因。

晚近以来，颇有一些学者，受新的史学观念影响，以为《史记》当中有很多生动的细节，都是出自司马迁的虚构，譬如秦始皇去世后赵高与李斯密谋私立胡亥之事，外人何以知之？故指斥太史公凭想象杜撰其事。近年北京大学入藏的西汉竹书《赵正书》，讲到二世皇帝继位的缘由，与《史记》的记载截然不同，一派正大光明的景象，愈加增重了世人对《史记》纪事信实性的疑虑。

我认为，这类怀疑，总的来说，是站不住脚的。司马迁写作《史记》的态度是非常严谨的，《史记》当中不尽确实的记载当然是有的，但那主要是史料本身造成的问题，而不会是司马迁有意为之。文笔生动，并不意味着一定是出自艺术的创造，因为生活本身就充满戏剧性的场景，司马迁只不过有那份才能把它如实地描摹了出来而已。像赵高与李斯之间的密谋，因为他们都是活人，是会向亲近的人讲的。一传十，十传百，就把真相存留了下来。在座的稍有一些社会阅历，就很容易理解这一点。后世的读者和学者，不能因为自己文笔拙劣写不出来，就怀疑太史公只能胡编乱造。

《史记》和《汉书》虽然都是纪传体史书，但这两部书在形式上仍有所区别：前者是一部跨越不同朝代的“通史”，从黄帝时期一直写到司马迁生活的汉武帝时期，给当时的“今上”也写了本纪；与前者相比，后者是仅写西汉一代历史的“断代史”（实际上包含了西汉末年王莽建立的“新朝”，但班固不承认它，所以只是像盲肠一样附在了里面）。

继《史记》而生的《汉书》，其西汉前期的内容，承用了很多《史记》的旧文，但总的来说，这部书的面貌已与《史记》有很大不同，其中最重要的差别，是作者班固的思想观念，他是比较纯正的儒家，不像《史记》的作者司马迁那样，羼杂有很多黄老等流派的思想。这不仅是两位史学家个人的思想差异，也反映出西汉中期儒家与东汉时期儒家思想观念的差异，是中国历史上的大问题。除了思想观念之外，司马迁和班固这两位大史学家为人处世的境界，高下的差异也很明显，当然司马迁的一生是重于泰山的，而班固之死，则轻于鸿毛。关于这一点，我刚刚出版的小书《发现燕然山铭》中有所论述，感兴趣的朋友或可一看。

在写作方法上，两书各有特色，很难说哪一部书写得更好。萝卜白菜，各有所爱，朋友们自己喜欢哪一部，就是哪一部好。不过在过去的王朝时代，读《汉书》的人要比读《史记》的人更多一些。我想，这主要是由于科举考试的原因。不仅《汉书》的儒家立场和观念更符合后世君主统治子民的需要，这部书还完整地记述了看起来好像挺强盛的汉朝的历史，因而很适合用作出题的素材。这种功利性的驱动力是很强大的，想想今天的高考，大家很容易就明白了。

我向各位特别推荐这两部早期的“正史”，除了其撰著时代和所记述的时代都比较早，可以帮助大家从源头上更好地学习中国古代历史知识之外，这两部书还是中国古代文化的重要经典，其作用和意义并不仅仅限止于历史学领域而已。

前面我已经说过，像吕思勉那样通读过“二十四史”的史学家，在他那一代人以来的中国史学界，是独一无二的。过去文人读史，大多数人试图努力做到的，也仅仅是读完《史记》《汉书》《后汉书》和《三国志》这“前四史”而已，但真正能够读下来的，往往也只有《史记》和《汉书》，通读过“前四史”的人并不很多。与这种情况相伴随的是，过去文人作诗行文所征引的史书典故，相当一大部分都是出自《史记》和《汉书》，现代汉语里很多习用的“成语”也是出于这两部书；同时司马迁和班固的笔法，也是后世所有文人书写“古文”时竞相取法的重要典范。因而，读读这两部史书，对人们丰富自身的文化修养，会有很大帮助。我相信，只要读过一部分内容之后，你就会有很不一样的感觉。人的一生，能够读的书并不是很多，要读，就要读像《史记》和《汉书》这样的最好的书。

不管读《史记》，还是读《汉书》，具体读的时候，各位千万不必正襟危坐地从头一一读起，你先随便翻翻，喜欢哪一卷，就看哪一卷。看完了这一卷，一定还会想看相关的另一个人的传记，或是其他类别的篇章。这样，不知不觉地，用不了多久，你就会读完《史记》的大多数列传和一部分本纪。这种纪传体史书的其他部分，像书（后来的正史多称作“志”）和表，都不必一定去读，可以根据自己的兴趣，选着读。

谈到读《史记》和《汉书》，一定会有很多朋友问，这两部名著的版本有很多，我们究竟读什么样的版本好？在这里，我再强调一下，我建议大家直接读原本，千万不要去读今人的白话注释本。这两部书现在最适宜一般阅读的版本，就是中华书局的正体字点校本。关于这一问题，前几个月我在接受《中国青年报》采访时，谈过一些，大家可以参看，在这里就不再重复了。这篇答记者问，名为《以〈史记〉为例谈中国古代经典的大众阅读》，发表在2018年4月13日的《中国青年报》上，另外也已经编入我即将在浙江大学出版社出版的随笔集《看叶闲语》里，题作《〈史记新本校勘〉与〈史记〉的大众阅读》，大家若要参考，等书出版后，看我这本小书或许会更方便一些。

今天和大家的交流，我就讲到这里。假如我介绍的这些书，特别是这几部古代史书的原典，你读了下去，而且觉得很有趣味，那么你就按照这个样子一直读下去，也就一定能学好历史，能够自己去品味历史；要是根本读不下去，我想大概就只能被动地接受别人转述给你的历史，回头看一下自己的亲身经历，想一想别人告诉你的这一段历史是什么样子，大家就会明白我说的意思了。

【附案】本讲稿原本是应庐山白鹿洞书院之邀为其在2018年8月14日晚举行的讲学活动撰写，后白鹿洞书院取消原定活动。2018年8月17日上午，敝人应邀在上海展览中心友谊会堂为“国学七天七堂课”活动大致讲述了此稿梗概。

历史地理学的大模样

很高兴来到复旦大学历史地理研究中心，和全国各地的同行为这个中心庆生，庆祝它的二十周年华诞。

感谢中心的各位领导，给我这份荣幸，让我有机会在这里讲几句话，谈一谈对我们这个学科发展的一些想法。

谈到历史地理学学科的发展，不能不首先回顾一下这个学科的发展历程，在这个基础上，才能更好地看清未来的努力方向。

我知道，在座的绝大多数同行朋友，都倾向于认为，在中国，是由顾颉刚先生引导门徒在上世纪30年代，创立了这个现代学科意义上的历史地理之学。具体地说，是顾颉刚先生创建的“禹贡学会”和这个学会的学术刊物《禹贡半月刊》，把中国传统的“沿革地理学”转换成了现代的“历史地理学”，即当时在中国已经建立起科学的历史地理学；至少是从那时起，已经开启了由传统的沿革地理学向现代的历史地理学的实质性转变。

包括在座的各位同道在内，持这一观点的学者，往往都要举述《禹贡半月刊》的英文名称从第三卷起即书作 THE CHINESE HISTORICAL GEOGRAPHY，而这个英文词汇，在今天的直译，就是“中国历史地理”。其实不仅是《禹贡半月刊》的英文刊名，当时一些大学地理系的教材，在讲述地理学的构成时，也都引入了这一学科名称，将“历史地理学”列为地理学的组成部分。但是，其实质内容究竟如何呢？关于这一点，当年禹贡学会的骨干成员侯仁之先生在上世纪 50 年代就特地指出过：“‘历史地理’在我国学术界也并不是一个新名词，不过在以往大家把它一直和‘沿革地理’这个名词互相混用了，以为两者之间根本没有分别，这是一个很大的错误。”（见侯仁之先生《“中国沿革地理”课程商榷》）

在我看来，《禹贡半月刊》刊载的论文，所涉及的问题，绝大多数还是局限在传统沿革地理的范畴之内，并不能简单地用其英文译名来判断实际的研究内容。事实上，据侯仁之先生介绍，在禹贡学会活动的上世纪 30 年代，欧美世界的“现代历史地理学”也还刚刚兴起不久，因而，即使当时确实想要全面采用西方现代历史地理的学科理念和方法，实际上也是难以做到的。禹贡学会成员和 30 年代其他中国学者的具体研究论著表明，当时并没有实现由传统的沿革地理学向西方新式历史地理学的转变，甚至也没有人明确提出过这样的主张。禹贡学会所规划的研究内容，只是编制历史地名词典、绘制历史地图等。其实了解到欧美历史地理学的实际进展状况，我们也就很容易理解，基于当时中国学术在整体上相对于欧美国家的滞后程度，以及沿革地理在中国的深厚传统所造成的惯性，以禹贡学会为代表的中国学术界所做的研究在总体上未能逸出沿革地理范畴，这本来是非常合乎情理的事情。

尽管如此，顾颉刚先生通过禹贡学会的工作，聚集并培养了一批有志于从事历史时期地理问题研究的青年，为建立现代学科意义上的中国历史地理学奠定了重要基础。后来实际创立中国历史地理学的几位代表性学者，如史念海先生、侯仁之先生和谭其骧先生等这些我们非常敬仰的前辈，都是禹贡学会的主要成员。

真正具有现代学科意义的历史地理学，是1949年以后，通过侯仁之先生、史念海先生、谭其骧先生以及陈桥驿先生等一批学者的持续努力，至上世纪五六十年代，才在中国大陆上逐渐建立起来的。

在这当中，侯仁之先生在引进西方历史地理学理论方面发挥了最关键的作用。除了理论论述之外，侯仁之先生更身体力行，在上世纪五六十年代，对北京的城市起源与演变、西北沙漠变迁以及渤海湾西部海岸线的变迁等问题，做出了具有典范意义的研究，对学科发展起到了重要的示范作用。

为创建中国历史地理学做出重大贡献的另一位学者，是史念海先生。在上世纪50年代，史念海先生就写出了一部系统的《中国历史地理纲要》书稿。这部书稿是参照现代地理学的一般结构和内容，比较全面、系统地阐释各个历史时期中国的地理面貌，从纵向上看，其中包括历史自然地理、历史经济地理、历史人口地理这三大组成部分，事实上为新型的中国历史地理学勾勒了基本框架。当然，民国时期出版的《中国疆域沿革史》，是史念海先生从事这些研究的重要基础。这部书稿虽然由于史念海先生治学严谨，精益求精，直到1991年底才正式修改出版，但从上世纪50年代起，油印本即散布很广，一些院校的相关专业也曾采用为教材，在学术界产生了很大影响，因而可以将其视为现代学科意义上的历史地理学已在中国全面建立的重要标志之一。此外，史念海先生在1963年9月出版的论文集《河山集》，其中大部分文章，都是从叙述自然环境基础入手，分析经济地理格局，较之传统的沿革地理学，显示出一派全新的气象。

参与创建中国现代历史地理学的另一位重要学者，是我们复旦大学的谭其骧先生。谭其骧先生具体研究的学术问题及其研究方法，虽然更多的是对传统沿革地理的继承，但这些内容既是新式历史地理学最普遍并且最重要的基础，同时依然是新式历史地理学的重要构成部分，而且谭其骧先生也同样从很早起就积极拓展这一学科的研究范围，探索采用新的研究视角和方法。在上世纪60年代初期，谭其骧先生发表了几篇典范性研究，其中包括《何以黄河在东汉以后会出现一个长期安流的局面》《历史时期渤海湾西岸的大海侵》等文章。这些文章，都在研究范围和方法上，较之传统的沿革地理研究，具有重大实质性的突破。

读硕士学位期间作者与史念海先生及史师母在太湖合影

其他如陈桥驿先生在中国历史地理学的创建过程中，也发表了一些在研究对象和研究方法的转变上具有标志性意义的学术论文。例如他在上世纪60年代发表的《古代鉴湖兴废与山会平原农田水利》《古代绍兴地区天然森林的破坏及其对农业的影响》等文，对后来的学术发展，都具有很强的示范性作用。

上世纪五六十年代以后，中国的历史地理学研究，取得了更加深入也更加全面的发展。2000年8月，正当世纪交替之际，在挪威首都奥斯陆，召开了第19届国际历史学科大会。在会上，我曾以《中国环境史研究的新进展》为题，向国际历史学界介绍了中国的历史地理学者在中国历史自然地理研究方面取得的诸多成就和进展，并且郑重指出“中国的环境史研究主要是由历史地理学者来承担”的。在这次国际史学大会上，我还谈道：“近50年来，中国的历史地理学家，一贯把历史自然地理与历史人文地理、历史经济地理放在同等重要的地位上加以研究，这与西方的历史地理学者一直偏重历史人文地理研究，甚至许多人根本不承认历史地理学中存在有历史自然地理这一研究范畴的情况相比，具有明显差别，因此也在环境史研究领域内取得了值得自豪的成就。”其实历史自然地理的研究，只是一个侧面。事实上，经过几代历史地理学者持续不懈的努力，不管是历史自然地理，还是历史经济地理，或是历史人文地理，我们都取得了优异的成就，进步是巨大的，也是全方位的。

然而我们还要继续前行。我们每一位朋友都有自己愿意研究的问题，所选取的研究对象当然不妨各行其是，但作为一门学科，在看待历史地理学的总体发展趋向时，还是会有一些共同的问题，呈现在我们的面前。

在前面，我之所以对我们这个学科的初创过程做了那么多的回顾，是想通过这种回顾更加清楚地看到历史地理学科的“大模样”。我在这里借用围棋术语讲的这个“大模样”，就是从学科发展的大局着眼，看它的来龙去脉，看它的必然趋势和我们理应肩负的使命。

这个问题很大，我没有做过系统的思索和考察，今天在这里也无暇很具体地和各位同道交流，只能用几句话，说说我的直观感觉。

第一，遵循前辈学者创建历史地理学科以来的研究路径，努力有意识地完善中国历史地理各个分支领域的基本格局，使之更加清晰，更为确切，也更趋具体。这话有什么意义，指的是什么，很多朋友一下子不一定明白，更不一定接受，但我觉得，认真想一想，还是会有一部分人能够理解的。看一看前辈学者的努力方向，再看一看当下的情况，我想，这样的工作，还是任重而道远的。

第二，着力推进一些重大基础问题的深入探讨，特别是更加精准地努力揭示各项地理要素变化的内在机理。譬如气候变化问题，黄土高原的植被变迁问题，黄河下游河道的水患问题，城址改移的规律问题，等等。这意味着需要更多的学者，不再简单地复制前辈学者既有的认知，意味着我们要以前辈学者创建历史地理学科时的态度，去推动这个学科取得更多实质性的进步。

第三，“历史地理学”并不能局限为“中国历史地理学”。中国官方，已经把“历史地理学”从一个同“中国史”和“世界史”（实际上应该是“外国史”）等并列的一个历史学分支学科，降格成为“中国史”下面的一个附庸部分。造成这一状况，除了一些外在的客观原因之外，也与我们自身的无能和无所作为有关，是我们对中国域外地区的研究做得实在太少。我相信，目前这种状况，是应该改变而且也是能够做出改变的。

各位朋友，复旦大学的历史地理学研究，不仅在我们这个学科的创建过程中起到了核心的作用，而且为这个学科的全面发展，做出了卓越的贡献，在很多方面，都曾经起到引领者的作用。历史地理研究中心成立二十年来，更是佳作迭出，硕果累累。

在这里，我衷心祝福，复旦大学的同行们，能够在国家这个学科未来的发展中取得更大的成就。我自己，虽然已经年至花甲，但也愿意追随各位同道，为中国的历史地理学的发展，做出积极的努力。愿我们大家一道，让我们所从事的这个学科呈现出日趋完美的“宇宙流大模样”。

谢谢大家。

再过二十年，我们重相会。

2019 年 9 月 21 日上午讲说于上海复旦大学

《史记》的体例与历史研究

——以《六国年表》为例

一　读古人书须识其义例

我们在今天阅读古人留下的各种典籍，不管出于什么样的目的——是对文笔的欣赏，还是对史事的了解，或是把古书载录的内容作为材料，来研究相关的问题，都会涉及所谓“读法”，古人或谓之曰“读书法”。

关于这种“读书法”，古人有很多论述，还有专门的篇章；至于今人所发点拨后学的议论，更是连篇累牍，数不胜数。

我们各位正在读书求学的同学、各位年轻的朋友，对怎样读书这一问题，大都比较关心，当然希望能遵循一条正确的途径，更快、更好地掌握更多的学问。

对此，我的看法是，首先要读书。读书比空谈读书的方法更重要。俗语所说“读书百遍，其意自见”，讲的就是这个道理。针对当今中国文化界、中国学术界空疏荒唐的现状，尤其要强调这一点。

因此，我们中文系的同学像这样在老师的指导下阅读一些古代基本典籍，是一件非常好，也非常重要的事儿。对社会、对未来的文化和学术发展，对我们每一位同学的成长，都是非常重要的。正是因为如此，我才很高兴地来到这里，和大家交流。

在乐于读书、努力读书的前提下，在读书的过程中，人们总会遇到“读书方法”的问题。如前所说，前人关于“读书法”的议论有很多，各位读者读书的目的和侧重的方向也有很大差异，所以很难一概而论。

在前人阐述的各种“读书法”中，我特别看重清人钱大昕讲过的一句话，这就是——“读古人书，须识其义例”。这一点，就是今天我想和各位同学交流的核心内容。

一般性地谈到所谓“义例”，可以包含很多内容。我理解，首先就是一部书的著述宗旨，这是最大的“义例”。

例如，就我们今天所要具体讨论的《史记》而言，司马迁在《报任安书》中有一句讲述其著述宗旨的名言：

> 欲以究天人之际，通古今之变，成一家之言。

虽然“究天人之际”这句话在今天看来并不正确（有人以为今天的历史学研究仍然承担着“究天人之际，通古今之变”的使命，我认为，至少就太史公的本意而言，这种说法，违反历史唯物主义的观念，并不一定合适），却仍十分重要，它有助于我们理解《史记》的很多具体内容。所谓“究天人之际”，就是探求并表述对天人关系的认识，是讲究“天”对人的行为的制约和影响。古人认为，人的行为，不管是帝君，还是庶民，都要“顺天应时”，讲的就是这个道理。

结合传世文献、历史文献的记载以及当代大量考古发现，我们可以看到，在《史记》各个构成部分当中，最有独创性的纪事体裁，是人物列传。品味司马迁的著述宗旨，可以看出，正是为了充分展示所要揭示的天人关系，司马迁才会特别创立人物“列传”这一体裁，用以纪史、纪事。《史记》七十列传的独特性和独创性，只有在这一宗旨下，才能予以充分的理解。

由此可以看出，读书，若是明白了它的“义例”，就会更好地理解作者的文字，理解作者所要表达的思想观念，也就是才能真正读懂书。对于古代典籍当中具体的内容来说，当然随处会有很多具体的“义例”，这也是我们在阅读古代典籍时，最需要注意的地方。

如果你只是个人欣赏古人的辞章，疏忽这些“义例”，并没有太大关系，因为这种赏析，毕竟只是你个人的事情，即使错了，对别人也不会造成什么消极影响。但若是从事学术研究，因忽视“义例”所产生的错谬，却会造成很消极的影响，影响人们对相关史事的正确认识；若是在这种错误认识的基础上再从事其他研究，就会像投入水池的石子所激起的涟漪一样，离得越远，错谬就会被放得越大。

钱大昕讲这番话的学术背景，就是在清朝乾嘉考据学兴盛之后，有很多学者，在考证历史问题时，不顾古书的整体“义例”，只抓住孤立的文句，就轻率立论，发表自己的见解。像钱大昕这样对待史料，首先从大处着眼，把握历史文献记载本来的含义，就能够更好地避免主观臆断，甚至先入为主，强解古书之文意以契合自己既有的认识。

这样的缺陷，在很大程度上可以说是乾嘉考据学普遍存在的弊病，从总体上来看，也是所谓“汉学”不及“宋学”的弱点；至少可以说是除了钱大昕这样的优秀学者之外很多考据学家常见的毛病。现在，在学术界，很多学者在治学方法上，虽然与乾嘉学术毫不相干，甚至在很大程度上还轻视、鄙夷乾嘉考据学的研究人员，在运用历史文献记载以从事学术研究的时候，却常常会犯与当年那些不太高明的乾嘉学者同样的毛病，即忽视历史文献固有的“义例”，以致研究的结论出现偏差。

下面，我就以北京大学历史系已故著名教授田余庆先生的一项研究为例，来具体地说明认识古书“义例”的重要性。

二　田余庆先生的一个著名论断

1989 年，田余庆先生在《历史研究》上发表了一篇学术论文，题作《说张楚——关于“亡秦必楚”问题的探讨》。这篇文章，后来收入田余庆先生的文集《秦汉魏晋史探微》。

田余庆先生此文发表后，受到学术界很多人的高度赞扬，被视作秦汉史研究领域的典范之作。

然而，在我看来，这篇文章中的一些关键性论述所依据的史料，却存在很严重的问题，其中就包括因不明《史记》的“义例”而曲解史料的情况。

田余庆先生这篇文章的宗旨，是要说明所谓“亡秦必楚”的历史必然性。在我看来，这一论述，存在诸多史料方面的缺憾。例如：田余庆先生论汉初重“张楚”，是想要说明汉代初年人“尊重张楚反秦的成功”，由此才引出他的问题——“为什么以楚反秦，天下就能景从响应，六国旧人就能接受树置？”

核实而论，促使田余庆先生产生上述联想的关键史料，是马王堆帛书中的“张楚”二字，而书写这两个字的帛书，本来是一种占星术的文书，并不能由此得出田余庆先生所说“此时人们观念上尊重张楚法统”的结论。

田余庆先生主张汉初特别看重“张楚”，还有一项传世史料的依据，这就是《史记·秦楚之际月表》。田余庆先生论述说：

> 司马迁序《秦楚之际月表》，强调的是“号令三嬗”，即秦—楚—汉的递变（德勇案：田氏所说的“楚”，包括项氏和楚怀王）；班固序《异姓诸侯王表》，强调的却只是汉“五载而成帝业”。这除了反映通贯之书与一朝之史着眼点有所不同以外，也反映正名尊君观念的变迁。取对楚的态度为例进行考察，我们可以看到司马迁的历史观念正好处在西汉初

年帛书作者和东汉史家班固之间的状态。这是值得研究司马迁史学思想和中国史学史的学者留意的一个问题。

号令三嬗，意味着历史上的秦楚之争从秦末张楚以来，尽管一再变更形式，但终于以楚的胜利而宣告结束，虽然胜利了的新朝不称楚，而称为汉。

今案历史著述的首要原则，是尽可能忠实地记述历史活动。司马迁在《秦楚之际月表》篇首序文中所说“五年之间，号令三嬗”，实际上应是指：

一者由秦而嬗于楚义帝熊心。

二者嬗于西楚霸王项羽。

三者嬗于汉帝刘邦。

这实质上是转移“号令天下”的权柄和地位，并不涉及特别重视“张楚”或是“西楚”的问题。

在这一点上，《史记》将项羽载入本纪，与之实属相辅相成。所谓“秦楚之际”，也就是秦、楚交接这一“事繁变众”的特殊历史时期。故其纪事，始自陈涉起事，述楚之肇兴于秦末（以张楚之兴起而开篇）；终止于项羽殒命，记楚社覆亡（以西楚嬗于汉而告终），实际上是载录整个楚之兴亡这一历史时期风云变幻的各项史事，始于秦末而止于楚亡，故云“秦楚之际”而不作“秦汉之际”。

可见，司马迁设置这一表格，首先是出于史家纪事的技术性需要，并没有什么特别的政治意图。至于在项羽身后，不仅记明刘邦称帝，还把这一年的纪事，从刘邦即皇帝之位的二月一直延续到年底后九月，或许会给人以兼记汉事的假象，但实际上这是遵循《公羊传》所说缘其终始之义而“一年不二君”的原则，即因旧君主在当年尚统治一段时间，故不以此年作为新皇帝君临的始年，而仍把剩下的这几个月视作项羽西楚的五年来处理——这是《史记》纪事的一项重要“义例”，下面我们还会谈到这一点。

在引出汉代初年人特别“尊重张楚反秦的成功”这一观念之后，接下来，田余庆先生开始讲述“张楚反秦的历史背景”。

田余庆先生讲述的种种历史场景，犹如一出连台大戏，而作为这出大戏的开场，田余庆先生乃谓秦王政十八年（前229），在韩国故地，发生了的某一件“比秦得韩地、掳韩王更为重大”的特别事件。然而，这个所谓特别事件，在历史文献中并没有任何记载，完全出自田余庆先生的揣测。

在我看来，这种揣测又完全是由于田余庆先生对《史记·六国年表》叙事的“义例”的误解。

三　《史记·六国年表》的体例与田余庆先生的误解

田余庆先生认为，秦灭六国之后，在楚国故都“郢陈”及其临近地带（案：“郢陈”一说实际有误，“陈”并非正式楚都，也不叫“郢陈”，当时俗称，或谓之曰“陈郢”），存在一股强烈的反秦力量，这是决定陈胜、吴广等大泽乡好汉起事并在陈建立“张楚”政权乃至楚人最终灭秦的重要历史背景。

作为这种强烈反秦力量的首要体现，就是秦王政十八年，在韩国故地，发生了某一件“比秦得韩地、掳韩王更为重大”的特别事件。因为这里与陈，也就是“张楚”的国都地境相连，所以，仍可作为陈地外围反秦力量的一部分来看待。田余庆先生的具体论述是：

> 内史腾灭韩后不久，在秦、韩、楚接壤区域，果然发生过一些事故。腾攻韩，掳韩王安，秦以韩故地置颍川郡，在秦王政十七年。《秦始皇本纪》《韩世家》以及两处《正义》，均如是说。是年，《通鉴》记“内史腾灭韩”，胡注：“韩至是而亡。”这本是记载明晰，没有疑问的事。可是，《六国年表》却记秦灭韩事于十八年内。看来如果不是《年表》误记，秦王政十八年秦韩之间可能发生过比秦得韩地、掳韩王安更大，更足以作为灭韩标志的事件。只是内容无从知晓。

今案《六国年表》所系年份，每有与《史记》纪传等处相抵牾者，其中有很多只是历法换算不同或是太史公编列排比时对其年岁判断不同造成的问题，甚至还有一些是写录传刻的舛误所致。故即使《六国年表》的系年与《秦始皇本纪》和《韩世家》确有不同，也应该在深入考辨以区分是非正误之后，再做出这样重要的结论。同时，这种考辨最好是在尽可能暂时抛开研究者本人对其他一些相关史事所做联想的情况下，独立进行，以最大限度地求取客观的认识。

核诸《史记·六国年表》，其迄至清代中期以前的旧本，都是在秦王政十七年（前230）之秦国栏下，记云“内史胜（腾）击得韩王安，尽取其地，置颍川郡”，而在同年韩国栏下记云“秦虏王安”。同时，这些版本的《史记》又在秦王政十八年之韩国栏下记云“秦灭韩”。田余庆先生所说，应即依据这类古本立论（估计最有可能是依据当时最容易见到的百衲本影印南宋庆元间建安黄善夫家塾刻三家注本《史记》）。

单纯就所依据的版本而言，这本来是一种比较合理的选择。不过，这种表格，不管是在编纂的时候，还是在流传的过程当中，都很容易出现系年的舛误，如近人李笠就清楚指出：

> 《史记》诸表旧多舛讹。自清汪越撰《读史记十表》十卷，为订表嚆书。梁氏《志疑》、张氏《札记》亦特属意诸表，钩深拂滞，允称巨观。笠于诸表略无发明，盖于诸先生无能为役耳。

在这里备受李氏赞誉的“张氏《札记》”，是指清朝同治年间张文虎在金陵书局校刊《史记》时撰著的《校刊史记集解索隐正义札记》。对于秦军灭韩这一事件，张文虎是将其改移至秦王政十七年之下，并考订说：

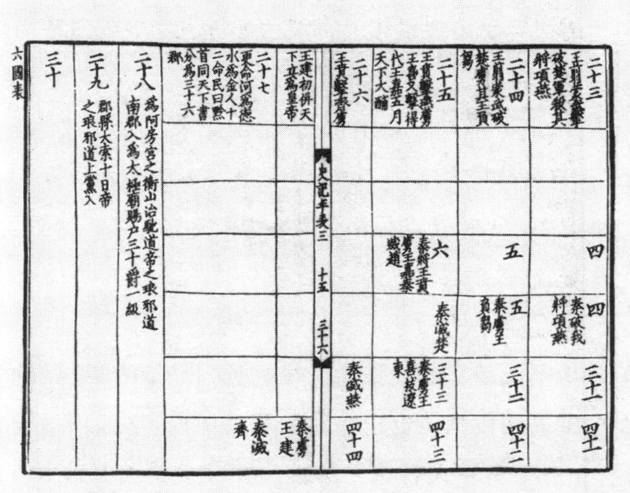

百衲本《二十四史》影印南宋庆元年间建安黄善夫书坊刻三家注本《史记·六国年表》

> “秦灭韩”三字各本在下年，依赵表移，楚、燕、齐同。“秦”字盖后人所增。

今中华书局点校本，便是依据张文虎主持校勘的金陵书局本为底本排印，故同样系“秦灭韩”三字于秦王政十七年；包括最近印行的新校订本在内的点校者，都没有对此提出异议。

因此，若是依据张文虎的刊本以及出自此本的中华书局本来看，田余庆先生的研究，就是使用了错误的版本，结论自然不足为信。

然而情况并不这样简单，实际的情况，还需要进一步深入分析。张文虎说，这一改动是“依赵表移，楚、燕、齐同”，乃指《史记·六国年表》于此赵国栏内，是在秦王政二十五年（前222）下，记云“秦将王贲虏王嘉。秦灭赵”，即《六国年表》在叙述赵国史事时，是把“秦灭赵”之年记在掳获赵王嘉这一年下。核诸《史记·赵世家》的记载，司马迁乃在其篇末讲述说，在秦王政十九年秦军攻入邯郸之后：

> 秦既虏迁，赵之亡大夫共立嘉为王，王代六岁，秦进兵破嘉，遂灭赵以为郡。

代王嘉六年，也就是秦王政二十五年，《史记·秦始皇本纪》亦记是年王贲攻辽东得燕王喜之后，“还攻代，虏代王嘉”。故

（始皇帝）	秦	魏	韓	趙	楚	燕	齊
十七	內史勝擊得韓王安，盡取其地，置潁川郡。		秦虜王安。秦滅韓。				
十八							
十九	王翦拔趙，虜王遷之邯鄲。			秦王翦虜王遷邯鄲。公子嘉自立爲代王。			
二十	王翦將擊燕。			代王嘉元年。			
二十一	王賁擊楚。					秦拔我薊，得太子丹。王徙遼東。	
二十二	王賁擊魏，得其王假，盡取其地。	秦虜王假。					
二十三	王翦、蒙武擊破楚軍，殺其將項燕。				秦破我將項燕。		
二十四	王翦、蒙武擊破楚，虜其王負芻。				秦虜其王負芻。秦滅楚。		
二十五	王賁擊燕，虜王喜。又擊得代王嘉。			秦將王賁虜王嘉。秦滅趙。		秦虜王喜，拔遼東。秦滅燕。	
二十六	王賁擊齊，虜齊王建。初并天下，立爲皇帝。						秦虜王建。秦滅齊。
二十七	更命河爲德水。爲金人十二。命民曰黔首。同天下書。分爲三十六郡。						
二十八	爲阿房宮。之衡山。治馳道。帝之琅邪，道南郡入。爲天極廟。賜戶三十，爵一級。						

中华书局点校本《史记·六国年表》

张文虎所说，应当是讲《六国年表》本来的写法，都应该像表中的赵国一样，将秦灭该国的年份，系于其最后的国王被俘与仅存的国土悉数入秦之年，并上承“秦虏某王”，仅仅书写“灭某国”，没有再缀加“秦”字。

张氏就是按照这样的想法，把《六国年表》中“秦灭韩”之年，由秦王政十八年一栏，改并到“内史腾击得韩王安，尽取其地，置颍川郡”的秦王政十七年这一栏内，并且还按照同样的原则，对楚、燕、齐三国的灭亡时间，做了调整，只是没有完全按照自己的看法，去掉被他指为“后人所增”的“秦灭某国”之“秦”字——这就是我们今天最普遍阅读的中华书局点校本所承袭的文本。

除了前述《秦始皇本纪》和《韩世家》以外，《史记》之《田敬仲完世家》和《燕召公世家》也同样明确记载秦之灭韩是在秦王政十七年，且如上所述，《六国年表》与《秦始皇本纪》等处一样，亦谓秦王政十七年内史腾已经“击得韩王安，尽取其地，置颍川郡”。国土尽失，不遗寸土，国王亦被掳掠而去，此非灭国而何？可见，若不考虑司马迁的“书法”而仅就其实质内容而言，应该说张文虎的改订确实比较合理。

另一方面，张文虎在通校《六国年表》之后，曾经清楚指出：“表中凡前后一年（德勇案，意即超前一年或落后一年），皆传写误，此类甚多，不能悉正。”《六国年表》中出现这种情况，在很大程度上是因为按照清代学者孙诒让的研究，在唐代以前，史表例皆不画界栏，“故移写易致舛糅”，至宋代“版刻既兴”之后，始“无不画界之表”。根据张文虎所说普遍性状况，更容易理解《六国年表》出现上述年份错置的现象，本不足为怪。

单纯从史实角度来考察秦灭韩的年份，张文虎对《史记》传世旧本做出的这一改订，固然可以信从，今中华书局点校本径自承用张氏校改的文字，也无可指责。然而，若是改换一个角度，从怎样处理才符合司马迁的本意这一点来看，清人张文虎的校改和今中华书局点校本的处理方式，却又大谬不然。

前述张文虎考订《史记·六国年表》“秦灭赵”之年，以为各国都应该按照赵国的写法，把秦军灭掉该国，编排在国王被俘和国土全部丧失的年份，而他之所以主张参照赵国的情况，是因为除了赵国以外，其余楚、燕、齐三国实际上都与韩国相同，是把“秦灭某国”书写在其失去国王和国土的下一年这一格里。另外还有一个例外，这就是魏国缺失这一项记载，这显然是《史记》在流传过程中脱落了原有的文字。

其实在张文虎之前很久，清乾隆年间人梁玉绳同样注意到了这一情况。然而在仔细分析旧本《史记·六国年表》编制体例后，他所得出的看法，却与张文虎后来的见解正好相反。即梁玉绳以为《六国年表》中赵国的写法，恰恰是不符合常规的讹变：

> 《表》例皆于灭诸侯国之明年书“灭”，以悉定其地为灭也，何独书“秦灭赵”于“虏代王”之年？必传刻之讹，当

移后一格。

更准确地讲，应该说司马迁编制此表时采用的体例，就是在各国实际亡国下一年份的格子里，来书写“秦灭某国”；换句话来说，这也就意味着对于该国旧地整体来说，是以这一年作为其入秦的“元年”。

这种记述方式，与古人对逾年改元法的理解，显然具有某种内在的联系，此即《公羊传》所说“缘终始之义，一年不二君”也。盖因旧君主在当年尚统治彼方一段时间，故不以该年作为新国王君临此地的始年。

遗憾的是，张文虎显然没有能够看破司马迁这一理念，以致竟率以己意，妄改史文。谬种流传，延及今日，自然会给读者造成严重的蒙蔽和误导。

当然，我们回顾相关研究可以看到，读太史公书而能理解到这一点，实际上也不是很容易的事情。

南宋初年吕祖谦撰著《大事记》和《大事记解题》，载录《春秋》以后迄至汉武帝时期史事，其考订之精细缜密，尝备受朱熹赞誉，以为乃古今未有之书，然而对《史记·六国年表》这一体例，吕氏依然茫昧不解：

《年表》于虏韩王安之明年书“秦灭韩”，于虏楚王负刍之明年书“秦灭楚”，于虏燕王喜之明年书“秦灭燕”，于虏齐王建之明年书“秦灭齐”，于虏代王嘉之明年书“秦灭赵”，例以悉定其地为灭耳。独虏魏王假之明年，不书“秦灭魏”，岂非虏王假之年魏地即定乎？

即吕氏以为除了魏国以外的其他五国，都是在虏获其王的下一年，始“悉定其地”，故在秦王政十八年下记有“定韩地”三字。

至清代中期以精通“三礼”之学著称的黄式三，竟然也是根据《六国年表》书写“秦灭韩”于秦王政十八年栏内这一点，述云“秦定韩地”是在这一年里才发生的事情。

吕祖谦的看法，虽然很不得当（梁玉绳谓其说“妄耳”），但上文谓《六国年表》“于虏代王嘉之明年书‘秦灭赵’”，适可印证吕氏所见《史记》对此事的记载尚无“传刻之讹”，诸传世古本《史记·六国年表》当中“秦灭赵”三字，确实应当如梁玉绳所说“移后一格”。

如前所述，与梁玉绳同时的著名学者钱大昕，论治学方法，特别强调“读古人书，须识其义例”。

为便于大家更为直观地理解《六国年表》的纪事形式，我在这里用张文虎改订以前的《史记》文本，并根据吕祖谦所见《史记》来改订“秦灭赵”之年所在位置，再尽量简化表中其他内容，编列一份“旧本《史记·六国年表》中秦灭六国相关史事书法示意表”，以突出显现司马迁对这一内容的表述方式。

从中不难看出，梁玉绳对《六国年表》上述体例的认识，允称读书而能识其义例。

(始皇帝)	秦	魏	韓	趙	楚	燕	齊
十七	內史勝擊得韓王安，盡取其地，置潁川郡。		秦虜王安。				
十八			秦滅韓。				
十九	王翦拔趙，虜王遷之邯鄲。			秦王翦虜王遷邯鄲。公子嘉自立爲代王。			
二十	王翦將擊燕。			代王嘉元年。			
二十一	王賁擊楚。					秦拔我薊，得太子丹。王徙遼東。	
二十二	王賁擊魏，得其王假，盡取其地。	秦虜王假。					
二十三	王翦、蒙武擊破楚軍，殺其將項燕。	秦滅魏			秦破我將項燕。		
二十四	王翦、蒙武擊破楚，虜其王負芻。				秦虜其王負芻。		
二十五	王賁擊燕，虜王喜。又擊得代王嘉。			秦將王賁虜王嘉。	秦滅楚。	秦虜王喜，拔遼東。	
二十六	王賁擊齊，虜齊王建。初并天下，立爲皇帝。			秦滅趙。		秦滅燕。	秦虜王建。
二十七	更命河爲德水。爲金人十二。命民曰黔首。同天下書。分爲三十六郡。						秦滅齊。
二十八	爲阿房宮。之衡山。治馳道。帝之琅邪，道南郡入。爲太極廟。賜戶三十，爵一級。						

旧本《史记·六国年表》中秦灭六国相关史事书法示意表

从而可知,《史记·六国年表》列置“秦灭韩”三字于秦军实际灭赵的秦王政十七年后面一年格之内，本来是一种特定的写法，不仅不能据此揣测在灭韩之后的秦王政十八年又发生了什么“比秦得韩地、掳韩王更为重大”的特别事件，反而可以更为清楚地证实韩国的覆亡只能是在秦王政十七年这一年。

四 简单的一点儿感想

由这一具体事例出发，在这里，我想向各位同学谈谈我对合理利用文献记载以从事历史研究的一点浅显的看法。

老一辈对上学求知，称作“念书”。这“念书”二字看起来很简单，想要做好却并不容易。

说“念书”难，不是有什么终南快捷方式隐蔽在森林草丛当中找不到，而是很多人都不愿意潜下心来仔细读书，不愿意花笨功夫读书。

在深入理解古代文献，特别是利用古代文献从事学术研究的时候，除了花苦功夫读书之外，还有一个连带事项需要注意，这就是尽可能排除先入为主的既有看法的影响，而要想做到这一点，关注古书的“义例”，也就是作者的撰著体例，是十分重要的。

下面，我引述朱子《读书法》中的两段话，来进一步强调这一点：

> 大凡看文字：少看熟读，一也；不要钻研立说，但要反复体验，二也；埋头理会，不要求效，三也。三者，学者当守此（《朱子语类》卷一〇《读书法》上）。

又：

> 看前人文字，未得其意，便容易立说，殊害事。盖既不得正理，又枉费心力。不若虚心静看，即涵养、究索之功，一举而两得之也（《朱子语类》卷一一《读书法》下）。

朱熹讲的，主要是针对人生修养的道理，但读书求学，也是同样的道理，而要想求得朱熹所说的“正理”，其中一条重要途径，就是要充分注意古书的“义例”。

阅读田余庆先生一些研究论文，需要吸取的一个重要教训，就是田先生在读书治学的过程中，往往想得很多，而这些想法，又往往先入为主，未能在接下来的读书、思索过程中，尽可能充分地理解每一条看起来对自己既有设想有利的史料在其原始文本中固有的含义，在这当中，就包含一些因不明“史例”所造成的误解。

除此之外，我认为，田余庆先生的一些研究，因过分追求所谓“清通简要”的表述形式，对相关史料和史事，往往还缺乏应有的考辨解析，令先入为主的成见丧失了检核订正的机会。

我想，上述两点，是我们后生晚辈在读书治学的过程中，应当引以为戒的。

本文系敝人应北大中文系学生之邀于
2017 年 5 月 12 日下午在北京大学人文学苑
6 号楼所做讲演的讲稿

追思一位恩人

上午听到李学勤先生离世的消息，心情很沉痛，但并不感到愕然。因为先生罹患重病已经很长时间。人生有来有去，先生走了，感情上让我很难过，但客观上来说，这是很正常的，不是什么意料之外的事情。遗憾，是他病重后不便探视，没有能去到病房里，和先生说说心里话。

有些人说，李先生城府较深，轻易是不会和人多谈心里话的。这也可以说，是我在1992年刚调到历史所工作时，在那个单位，人们私底下比较普遍的一种说法。大千世界，各人自有各人看法，事出有因，话出有源，对此不必深究。不过每个人都有自己为人处世的方式，在这方面，世界上也并没有绝对一致的准则。人家不想和你讲，有时，也许只是个性的差异；有时，也许是生活经历使然；有时，也许这些满世界嚼舌头很喜欢对别人评头品足的人，还需要问问自己：人家为什么非同你讲不可？

人和人相接触，有时只是一种感觉，或者说只是一种缘分。感觉有了，缘分到了，恐怕没有什么人真的不想和别人交流，不想向别人表露一下自己的真实感觉和看法；若是内心怀有真性情，恐怕想不说，也很难抑制得住。

李学勤先生学术地位高，工作太忙，我从事的专业，同他的主要研究领域距离较远，他也比我年长很多，所以，虽然一同在历史所工作了十多年，但直接的接触，还是非常有限的。

第一次面对面地正式谈话，是我刚做历史地理研究室主任的时候。当时李学勤先生是历史所的所长，同时还分管历史地理研究室。

似乎就像是针对别人说他光挂名不管事儿之类的闲言碎语而讲的似的，李学勤先生一开口，就和我说："德勇啊，我做这个所长，重点考虑的，就是学科建设。我们历史所是国家的重要学术单位，抓学科建设，抓住学术，就是我的主要工作。让你来做这个研究室主任，不光是因为你年轻，还因为调你来历史所的时候，我就认真看了你的材料，现在只有你最适合这个岗位，你一定要努力做好这项工作。"谈话中间，李先生非常具体地向我指出了研究室中现有人员的研究能力和水平，一点儿没有敷衍的场面话，没有回避任何实际问题，直接点到了每一个人的名字，没有一丝一毫的圆滑和世故。这就是我对李学勤先生最初的直接印象。

因为学术是纯真的，所以真学者往往都会有些长不大，甚至会有些调皮。这一点，我和业师黄永年先生接触太多太密，所以感受得最为清楚。其实，李学勤先生也是这样的真性情人。

1994年历史所学术委员会合影
（前排右二为李学勤先生，后排右一为作者，作者当时任历史地理研究室主任）

我在历史所的时候，当上副所长以后，“例兼”学术委员会副主任，实际上学术委员会的各种日常事务性活动，都由我来主持，所以不能晚去。李先生虽然不当所长了，却依然还是学术委员，而他做事有很好的习惯，即遵守时间（其实我当不当这个副所长，一般也都是这样）。我不能迟到，他恪守时间，可其他人并不如此。这样，在会议室里，就常常是只有我和他两个人空等。

无聊等待的时候，人往往更容易放松，也就更容易透露出自己天生的性情。

在这当中，有一个故事，我是讲过的。这就是他患病去协和医院诊断，挂了专家号也没看明白，最后是自己给自己确定了病症。聊起来，我颇感诧异：“协和的专家，怎么会这样？”

李先生指指外面的长安街马路说："德勇啊，什么是专家？外边儿马路上的人，看我们这大楼里的不也都是专家吗？"讲这话的人"世故"吗？讲这话的人"圆滑"吗？我感受到的，只是一位纯真的师长，在和你谈调皮的孩子向小伙伴讲的真心话。

还有一次，历史所学术委员会即将召开的会议，是评学术研究成果奖。闲谈间谈到历史所某位专家的一项研究成果，李学勤先生和我说："德勇啊，我真佩服某某，那个问题，总共就那么几句话的材料，他竟然写成了这么厚一本书。你说他是怎么写的呢？"由于马上就要主持会议，这次，我反倒碍于身份"矜持"起来，一时不知道怎样应答好。也许，是他深知我一向快人快语，所以忽视了我的尴尬；也许，是他那颗调皮的心实在抑制不住，李先生马上又重复了一遍："德勇，你说他怎么写的呢？真是有本事！"

同样是谈论某些人的所谓"学术研究"，有一次在历史所学术委员会讨论项目资助事之前，他指着某位很张狂的人申报的大项目说："这课题好是好，可怎么做呢？"不要以为这话很平常，只有始终保持一颗学术的心，才会自然而然地这样想，才会脱口而出这样讲。

我在历史所时张罗起来的一件事情，就是办了一份所内研究人员的学术年刊，名之曰《中国社会科学院历史研究所学刊》，李学勤先生很支持，刊名还是他帮助拟定的。在讨论这份年刊的质量追求时，许多人都谈到了"中央研究院"的《历史语言研究所集刊》，即所谓《史语所集刊》。一些人认为，应当以此刊为标杆，努力向它看齐。针对这样的看法，李学勤先生在会上一针见血地指出："此史语所非彼史语所。"意即今天在台北出版的《史语所集刊》，水平已经远不能与民国时期相比。

在今天的中国古代史学界，还有几个人敢讲这种大实话？我见到的，只有北京大学的李零教授公开讲过和李学勤先生类似的评语。当然，历史所的老先生们，当时不止一个人附和了李学勤先生的说法，那时的历史所，是有一批具有人格尊严也不乏学术风骨的学者的。

像所有的人、像所有的学者一样，李学勤先生当然有他的缺点，但我们生在这个世界上，谁又是一尘不染的圣人呢？当我们追随于前辈先贤身后从事学术研究的时候，我们首先从先辈身上学习的，是他们勤勤恳恳献身于学术的精神，是他们卓越的学术成就和贡献，当然还有我们应当取法、愿意取法的优良行为方式。

李学勤先生今天走了，我感到更深切遗憾的，还不只是在他病后，没有机会陪他聊聊天，说说我对他的理解和感受，更加遗憾的是，我一直想单独向他当面道谢，感谢他对我成长给予的巨大帮助，现在，再也没有这个机会了。

在我还没有调到历史所工作的时候，就听到有很多人在背地里议论纷纷，说李学勤先生太忙于自己的研究了，舍不得花费精力多帮别人的忙。可是，我在历史所看到的真实情况却恰恰相反，很多人在打着他的旗号，利用他的名望，搞项目，弄课题，评奖项，他都帮着写推荐，写评语，写序言，等等，几乎是来者不拒。反倒是很多人好处拿完，转过身去就四处骂娘，真不知天良何在。

按照学术界的“规矩”，我和李学勤先生没有一点儿师承关系，所从事的专业，也沾不上多大的边儿，同时我本人又生性耿直，不会顺情说好话讨人喜欢，李先生是没有任何必要和理由对我多加提携的。可是，作为一个学人，在我的社会经历当中，李学勤先生却给了我最重要的帮助。

1994 年 8 月，我在历史所晋升为研究员。那一年，我 35 岁，任职副研究员的期限还没有满，申请的是破格晋升。这种情况，在今天早已司空见惯，当时在大学里面也已经做过一些，但在社科院还是头一遭，免不了众说纷纭，说啥的都有。经过一番周折，算是很顺利地通过了审查，度过了学术生涯上的这一重大关口，个中情形，我却是一无所知。

大概是在职称评上两年以后，才分别从几个不同渠道获知，李学勤先生不仅在历史所初审的会议上力主我的晋升，在社科院的职称评定终审会上，他也是极力夸赞我的学术研究，更为重要的是，李先生为我这次职称晋升，还在会下专门给社科院人事局的局长写了封几页长的长信，详细说明我的学术能力，请求人事局领导予以特别的关照。

了解李学勤先生学术地位的人，应该很容易明白，为什么我当时能够那么顺利地通过这一关卡，其中起到关键作用的，当然是李学勤先生的大力推荐，而在这当中，我看到的只是一位师长对一位年轻学子真切的关心。

我生性愚钝，除了做事比较努力，也比较踏实认真以外，是没有任何优长之处的。但我想，即使是一个天资过人的人，在自己的人生路上，也可能不同程度地得到过别人一些帮助；假如这些帮助是发生在你人生路上的关键时刻，那这些帮助就会对改变你的命运发挥决定性的作用。就我个人而言，李学勤先生就是那位在关键时刻帮助我改变人生命运的师长，我会永远铭记和缅怀他给予我的恩德。

2019 年 2 月 24 日下午 14：30 哀记

想到一个人

安静的读书生活，又一个年头，就要度过了。

年年岁岁，总是那么遗憾。想读更多的书，应该读更多的书，只能寄希望于明年。

思忖自己过去的这一年，不知不觉间却想到一个人。

实际上很多年了，当我看书累了，抬起头来，看一眼窗外世界的时候，经常想到的，除了业师黄永年先生，就是这个人了。

我想到的是钱锺书先生。

其实我对钱先生的著述，读得很少很少；甚至更坦率地说，是基本没有读过，只是大致翻过其中一些，或是做研究涉及他相关的成果时查一查而已。但就是这样翻一翻，查一查，我也能清楚地感知，这是一位我心仪的学者，这是一个真正的书生，这是一颗读书的种子。

越来越多地想到钱锺书先生，也越来越深地怀念我的老师黄永年先生，是因为外边的世界一天比一天喧嚣。

钱锺书先生

冷齋夜話。元豐初。魏泰載之于詩話中。雖黃竹大風之詞。莫可擬其髣髴。噫。豈特前代帝王。蓋古今詞章之工者無此作也。

徽宗皇帝

帝諱佶。神宗第十一子。建元建中靖國崇寧大觀政和重和宣和。宣和七年內禪皇太子。尊帝爲教主道君太上皇帝。靖康二年北狩。紹興五年崩於五國城。七年凶問至江南。遙上尊謚曰聖文仁德顯孝皇帝。廟號徽宗。十二年梓宮還臨安。權攢永祐陵。十三年加上尊號曰體神合道駿烈遜功聖文仁德憲慈顯孝皇帝。有崇觀宸奎集。御製集。

避暑錄話。政和間。大臣有不能爲詩者。因建言詩爲元祐學術。不可行。何丞相伯通適領修敕令。因爲科云。諸士庶傳習詩賦者杖一百。是歲冬初雪。太上皇甚喜。吳門下居厚作詩三篇以獻。謂之口號。上和賜之。自是聖作時出。訖不能禁。詩遂盛行于宣和之末。

己亥十一月十三日南郊祭天齋宮即事賜太師

報本精禋自國南。先期清廟宿齋嚴。層霄初擴同雲霽。暖吹俄回海日暹。十萬軍容冰作陣。九街鸞瓦玉爲簷。肅雍顯相同元老。行慶均釐四海霑。

清廟齋幄嘗有詩賜太師。已曾和進。禋祀禮成。以目擊之事。依前韻再進。今亦用元韻復賜太師。非時以此相困。蓋清時君臣賡載。亦一時盛事耳

钱锺书先生手批《宋诗纪事》

所谓知识界，所谓学术界，变得越来越不可思议。

我心向往之所，只是钱锺书先生所说荒江老屋之中那二三素心之人的一隅之地。

今天，是钱锺书先生的忌日。二十年前的今天，他走了。

2018 年 12 月 19 日晨记

能事不受相促迫

——追忆宿白先生

上午刚刚听到消息，说宿白先生早晨去世了。先生高寿离世，再突然，也说不上有什么意外；况且我与先生几乎没有什么接触，只是读先生的书，仰慕先生的学问和人格，并不了解先生近期的健康状况。

十几年前，我搬到成府路边的蓝旗营，和先生住到了同一个小区。空间距离虽然很近，但由于专业距离较远，同时我也是从这个时候开始，很少参加学术活动，所以，面对面的接触，只有一次。

几年前，因为研究中国古代雕版印刷术的起源问题，特地请友人钟晓青女士带着我，拜访先生，请教相关问题。

宿白先生的学术领域很广，著述也很多，不过我真正认真读过的只有《唐宋时期的雕版印刷》这本论文集。其中发表于1981年的《唐五代时期雕版印刷手工业的发展》一文，论及中国早期雕版印刷和印刷术起源研究中的一些关键问题，特别是对唐代刻印的陀罗尼咒经，做了非常科学的梳理排比，为我们科学地看待早期印刷术的萌生和发展状况，做出了非常重要的贡献。

宿白先生研究这一问题的最大特点，就是其系统性。他从印刷技术特点的演变这一角度，排定佛教密宗陀罗尼咒经早期印本的时代序列。这既与宿先生长期从事考古学研究形成的基本素养有关，也是他作为一位纯正的学者所具备的实事求是的精神品质的体现。

此前曾听一些考古学界的人说，宿白先生很威严，以至业界内的后辈对他都很敬畏。钟晓青女士是研究中国古代建筑史的专家，和宿先生很熟，谈话也很随便。见到的宿白先生，坦诚，自然，同时还让我觉得很亲切。

人，说复杂很复杂，说简单也很简单，往往说几句话，就能够看出其最基本的性格特征。我也见过一些城府很深的前辈学者，面对生人的时候，不仅话很少，而且每一句话都是字斟句酌的。宿白先生不是这样，典型的东北人，快人快语。

我和那些城府较深的前辈学者，都很少交流。因为总有什么东西堵在那儿，别扭得慌。但和性格爽直的先生，交谈起来，却很顺畅，像历史地理学界的前辈谭其骧先生、石泉先生，都是这样。虽然东北人要是真端起来，一点儿也不比其他地方的人逊色，可我的关东本色，和宿白先生一样浓郁。这样就开门见山，谈了我在研究印刷术起源问题时遇到的困惑。

这次去向先生请教的具体问题，是西安市西郊柴油机厂附近出土的一件梵文陀罗尼咒经的印本，其刊印年代到底是在什么时候。在《唐五代时期雕版印刷手工业的发展》这篇文章中，宿白先生是把印制这类陀罗尼咒经的风气，推定在中晚唐时期，而后来有一批坚决为中国捍卫印刷术发明权的所谓学者，却把这件陀罗尼咒经的刊印时间，大幅度提前。为此，还专门由某组织出面，在西安召集过一次鉴定会，众人集体认定此物必刊刻于唐初无疑，并通过某人再把所谓“唐初”具体指实为太宗贞观年间。

《唐宋时期的雕版印刷》这部集子，出版于1999年，这已经是上述专家开会鉴定这件陀罗尼咒经的刊印年代之后的事了。宿白先生在文集中对这篇文章又做了重要增补，但仍然重申：“随葬《陀罗尼咒经》印本的蔚成风气，目前推定在中晚唐较为稳妥。”我向宿白先生请教的问题是：自从《唐宋时期的雕版印刷》出版之后，又经历了很长一段时间，他的观点是不是有什么新的变化？还有，他知不知道西安那次鉴定会以及怎样看待当年那些专家所做的集体鉴定？因为我认为梵文陀罗尼咒经，是最早的雕版印本，所以这件陀罗尼咒经刊印时间的早晚，直接关系到雕版印刷产生的年代及其社会背景，是一个很重要的问题。

宿白先生的答复，非常简单：（1）他的观点，没有任何改变。（2）西安那次会议上聚集的“专家”都是些什么人，他不知道，也不知道这些人是根据什么做出鉴定意见的，而按照他本人的看法，那件陀罗尼咒经是绝不可能早到唐初的。最后，附带着又讲了一句：“现在什么人都敢说自己是专家。”

宿白先生镌“能事不受相促迫”印

老先生的意见，给了我以强大的支撑。又经过一段时间的酝酿和准备，最终写成并出版了《中国印刷史研究》这部小书。书出版了，本应该及时送呈先生求正的。只是我自己的身体，出了问题。前年底书印出来的时候，我还躺在医院的病床上。直到现在，仍未康复如初，一边治疗，一边勉强从事教学和研究，生活也就愈加杂乱，很多事情实在顾不上，也就没有来得及把书送到宿先生府上。现在，先生走了，让我心里留下了永久的遗憾。

一位好的学者，除了治学的才能和专家之学以外，还要有足够的文化修养，要有纯真的性情。这看似无形，其实往往至关重要。

十多年前，偶然买下一部宿白先生的印谱，我不懂印，但读其印文，颇见先生的修养与性情。其中有一方印的印文，镌刻的是杜甫的诗句："能事不受相促迫。"这句诗，本来讲的是绘画的事（《戏题王宰画山水图歌》诗句），要平心静气，从容为之。听徐苹芳先生讲，宿白先生是正式拜师学过国画的，技艺很高。所以这方印，可能也是用于作画的闲章。但治学与学艺道理是相通的。做学问，为功利，急不得；为"爱国"，也急不得。读先生的印刷史、版刻史研究，感受最深的，就是这样一种从容。不管别人怎么说，宿白先生一直是在全面梳理相关史料和实物的基础上做出严谨的分析，始终坚持中国古代雕版印刷开始应用的时间，依据现有资料，只能推定在唐玄宗时期，亦即不得早于开元年间。这虽然不一定就是最终的结论，却是当下最科学的结论。

2018 年 2 月 1 日晚记

送学辉

昨天，在一些朋友的微信上，看到范学辉先生去世的消息。虽然前些天听说他病情转重，对这并不感到惊愕，但毕竟是在还不到五十岁的年龄，不能不让我又一次很深切地感受到生命的悲凉。

我和学辉兄大概只见过一面，至少我印象很深的只有那一次。

那是在《文史哲》举行的一次会议上。会间偶然和他闲聊，说到中国古代的政治演变，随口谈到了我对汉武帝晚年政治取向问题的看法。没想到学辉兄颇感兴趣，不仅很认同我的想法，还提出很多具体的史事予以证实，有西汉的，也有北宋的，一时间谈论得很深。学辉兄憨憨外表下的书卷气和学养，不禁让我刮目相看。

当时，学辉兄很诚恳地说，希望我把这项研究放在《文史哲》上发表。当时我的文章还一个字没写，甚至连“腹稿”都还没打好，只是一个很概括的想法，根本无法应允什么。不过学辉兄这份真诚，让我在心里暗暗决定：将来就把稿子交给他来处理。

后来，在那篇《汉武帝晚年的政治取向与司马光的重构》（小书《制造汉武帝》作为论文发表时的题目）即将写成之前，由于学辉兄一再向我约稿，我就把另一篇文稿交给了他。学辉兄表示，马上处理文字，尽快刊出。想不到的是，到主管的上司那里，没有通过。学辉兄很沮丧，向我致歉。

这对我当然算不上什么。不过当时把这篇稿子交给学辉兄，我是带有“投石问路”的意向在内的：问的是《文史哲》这条路，我是不是走得通？我自己做过大刊物的主编，明白其中的道理。这篇稿子的题材并不那么重大，但任何一位学者，一辈子能写出的重大题材，也并不是很多。在我心里，《汉武帝晚年的政治取向与司马光的重构》是我为数不多的大文章之一，我想先知道，这家刊物怎样看待我的整个研究水平和能力。

既然此路不通，后来也就没有把这篇稿子交给学辉兄，虽然什么也没说，但学辉兄也明白我的感想。这是我和学辉兄最具实质内容的往来，而且也就这么一次。我那篇文章在另一家刊物发表后，引起比较广泛的关注，在学术界还激起了很大的反响。作为一个学术刊物的编辑，他是有些遗憾的。这一点，我懂得。后来给他寄过一两本我的小书，对这份心意致以谢忱。

学辉兄有情，对学术，对社会，也认真诚恳。他在自己的微博上讲真心话，惹出过一些不大不小的波澜。有一次，他情绪很低落，表示要告别微博，不再发声了。我也有微博，但通常不看别人的微博，更绝不与他人争辩。当时别人告诉我了这一情况，我特地发私信劝慰他：不管别人说什么，过一个星期，就消停了。过后该怎么办自己的微博，还怎么办。我们不是为了取悦别人而活在这个世界上的。也许我的话起了一点儿作用，没多久，他就又在微博上讲他那些“山东人的厚道话”了。

学辉兄对社会问题的很多看法，我并不认同。但我知道他说的都是真心话。所以，我尊重他，也敬重他。我自己办微博，不开评论，就是因为太多的人，根本不懂得尊重别人。普通公民的个人微博、微信号都不是公权力，喜欢看，就看；不喜欢，就走开。谁也没有资格对另一个同你一样的公民指手画脚。所以，我鼓励学辉兄要坚持自己。

正值华年，就这么走了，学辉兄难免会留下诸多遗憾。其实我至亲的哥哥比他走得还要早几年，爸爸、妈妈也走得很早。耳闻目睹这样的现实，让我更加珍惜生命，也更加珍惜时间。日暮路遥的感觉，我在十几年前就非常强烈；前年大病不死，这样的感觉，自然更加深重。逝者已矣，后死者只能在珍重自己之外，趁着精力还好，尽量多做一些想做的事儿；也通过自己的努力，让这世界上其他善良的人们，多一分美好的感觉，少一点儿遗憾。

2019年11月14日凌晨记

不暇亦学
——读《郑天挺西南联大日记》

眼前摆着一本当代著名学者郑天挺先生的日记，有一段时间了，一直没顾得上看。

读别人的日记，总有点儿不好意思，觉得跟偷窥人家隐私似的。国人好这一口儿的有很多，我则没有这个癖好。不过研究历史，就得什么都看，“世事洞明皆学问”；更何况日记里往往还会记下一些不可告人的勾当和想法，凭借这些内容，说不定还能破解某些历史的谜案。想到这一点，还真的让人有些兴奋。

不过我不研究近现代的历史，又不关心八卦，读晚近学人的日记，吸引我目光的，还是他们所从事的学术研究——最主要的是他们的读书生活：读了哪些书，有了什么心得体会。过去读过的这类日记，最喜欢的是清末李慈铭的《越缦堂日记》；再往后，是《邓之诚日记》(《邓之诚日记》，北京图书馆出版社的影印本，模糊过甚，要是有人能够将其标点出版，或是重新制版，做出更为清晰的影印本，将嘉惠学术学人，功德无量)。

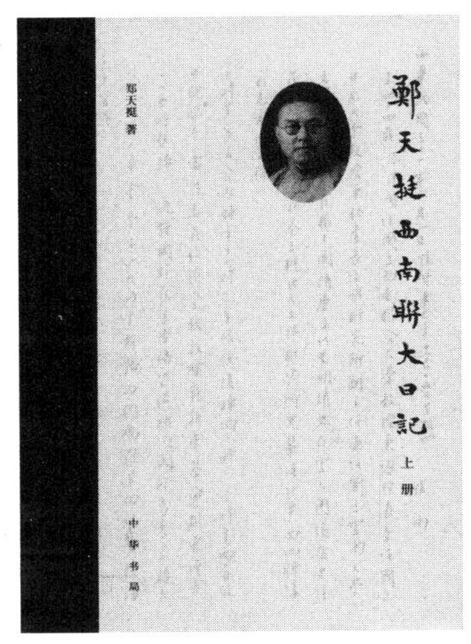

《郑天挺西南联大日记》封面

现在读到的这本《郑天挺西南联大日记》(中华书局，2018年1月出版，同年4月第二次印刷本)，记读书和读书心得的内容，都不像上述两种日记那么多，郑天挺先生读书的范围，也不如李、邓二氏广。这固然与个人的学术经历和兴致有关，但更与这一时期艰难时局所能提供的读书条件具有很大关系，还与郑先生在这一时期内的一大半时间都担任西南联大总务长、此前亦身任北京大学秘书长这一情况具有直接的关系：繁杂的行政工作，严重影响了他个人的读书问学。

远离书窠北平，一大堆教授学生，战火纷飞中骤然之间会聚在天之边，云之南，加上物价腾升，书籍之稀缺难求，是可想而知的。但究竟稀少到什么程度，在读到这部《郑天挺西南联大日记》之前，我还是无法想象。

“二十四史”是中国史学教授最基本的书籍，可是西南联大的这些教授，却没人有能力把这样的必备书籍带到昆明。《日记》1938年12月末日记云：

> 此间书少，史书尤鲜，余有《隋书》、两《唐》、两《五代史》,并借孟真（傅斯年）之《明史》。从吾（姚从吾）有“前四史”及《宋》《辽》《金》《元史》，在友好中已少见。今日与从吾谈，欲两人合成念四史。从吾购《北周》《北齐》《北魏》《北史》，余购《晋》《宋》《齐》《梁》《陈》《南史》。倩毛子水商之中华书局，允照九折价购《四部备要》本零种，惜南、北两《齐书》均无书。

此情此景，用窘迫来形容，已经不足以表述，只能说是狼狈不堪了。

当时中华书局出版的《四部备要》，绝大多数书版本的选择，质量都很差，甚至可以用很荒唐来形容，对于深入的学术研究来说，只能是凑合看而已；况且郑天挺先生和姚从吾先生已有的“二十四史”零种，有的连《四部备要》本都不是，譬如郑天挺先生用的《新唐书》就是同文书局石印本（《日记》1938年3月21日），而同文书局石印本“二十四史”同样不是什么学术善本。

好的“二十四史”版本，在当时最常见，也最便于学者使用的就是商务印书馆影印的百衲本，然而，在连《四部备要》都买不起也配不齐的情况下，想要拥有一套百衲本“二十四史”，更是过于奢侈的愿望了。

于是，我们在《郑天挺西南联大日记》中，就看到了这样的记述：

> 子水（毛子水）得百衲本廿四史零本四百本，惜无全者，不知谁家散出或窃出者也。余欲检留数册备剪裁。（《日记》1942年2月5日）

又：

> 向子水分得《明史》、两《唐书》、《隋书》。《明史》缺二十一册，《隋书》缺二册，《旧唐》缺十八册，《新唐》缺十九册。书极精，而令人一见即生不快之感。（《日记》1942年2月11日）

好书是好书，可是残缺过甚，没法读了，只好留下，以备按需裁剪，当资料卡片用。令人唏嘘不已的是，即使是像这样的残编零册，在当时也是可遇而不可求的。

郑天挺先生学业广博，涉猎的学术范围相当宽泛，但明清史，显然是西南联大时期他重点关注和主要从事的一个领域。研究清史，有一部很重要的基本典籍，这就是蒋良骐的《东华录》，或为与清末王先谦编著的同名书籍相区别，称作“蒋录”。郑天挺先生记述他在西南联大时购置此书的经过时说：

> 心恒（邵循正）来。二十六年心恒在长沙购《渊鉴类函》一部，湘板纸劣，价十元，邮寄来滇所费二圆余，在蒙自以赠余。余屡移居，移费且过之。书既无用，今与心恒商，托五华社售之。社为李某人所开，李前充北大研究所号房，人甚好，年近七十矣。书凡百六十本，余以询之，以为可定千六百元，亦奇闻矣，然莘田（罗常培）尚谓可两千余元也。偶于书架上见残本蒋氏《东华录》五册，索价七元。而其账上登记凡七册，询之无有。余为之清检架上，果于他架又得两册，狂喜携归。细检凡缺者：首册卷一至卷四，第七册卷二十二至二十五，存有第二、三、四、五、六、八、九各册，至卷三十二而止。案蒋氏《东华录》共三十二卷，通行本凡八卷，余求之数年未得，北大图书馆亦无其书。北平图书馆收藏两部：一为抄本，余尝借读之，惜不忆其卷数；其余一部不知其抄本抑刻本矣。今此书凡三十二卷，盖完本也。然何以钉为九册？若其后仍有别册，但三十二卷已及世宗之崩，其后更记何事耶？此不可解也。此书校刻尚不甚劣，书皮内有棉纸衬叶，似是西南装订之本。虽缺两册，抄配匪难。今日无意中得此寤寐以求之书，此必吾稚眉夫人默佑之也。（《日记》1942 年 9 月 5 日）

除了此书被装订成九册不大合乎常规（古书若至六册以上，其册数多订为偶数），显得有些怪异，以及对“西南棉纸”的识别之外，郑天挺先生这里所谈对蒋氏《东华录》的认识，颇有差误（所说“通行本凡八卷”尤谬），这是另一个问题，留待下文再说。在此需要说明的是，像郑天挺先生买到的这种《东华录》，本来一点儿也不稀见，在昆明找到一部缺了八卷的残本还如获至宝，则显示出当时在昆明想读一些很基本的史料都不那么容易。

更能说明当时得书不易的事例，是郑天挺先生在1944年12月12日写下的一条纪事：

> 余既为《清国姓臆测》，忽检书目，知朱逖先（朱希祖）先生有《后金国汗姓氏考》，载《蔡先生六十五岁论文集》，久求未获。昨日下课闻之欧阳琛青云社有寄售一本，力既不能得，乃就读之。与余立说迥异，心乃安。

这本《蔡先生六十五岁论文集》，全称《庆祝蔡元培先生六十五岁论文集》，是近代以来学者祝寿文集质量、档次最高的一部，可谓空前绝后，郑天挺先生疏忽未能注意到朱希祖先生发表在上面的文章，大概是由于操劳行政事务太过繁忙所致。这本祝寿文集，是被列为《中央研究院历史语言研究所集刊》外编第一种，分作上、下两册陆续出版的。上册出版于1933年，下册出版于1935年。朱希祖先生的文章，编在上册里面。从文集出版，到抗战全面爆发，北大、清华等校迁往西南，不过四五年时间，像这样北平新印未久的书籍，郑天挺先生在昆明竟然“久求未获”，好不容易在书店里遇到一本别人寄售的又买不起，足见当时读书做学问的条件差到了什么程度。

不过与此相比，对郑天挺先生读书治学影响更大的，恐怕还是担任西南联大总务长等行政工作。我们看下面这一段由于中文系教授开课等事使他面临的麻烦：

> 饭后，清常（张清常）告以昨日中国文学系情形。膺中（罗庸）、一多（闻一多）皆欲开《楚词》及中国文学史一，相持不下。事前皆以语莘田（罗常培），而未加准备，遂成僵局。佩弦（朱自清）调停，同时并开，此例殊不相宜，然而已决定矣。奈何！奈何！又赵西陆提出论文，请升讲师，推四人审查。啸咸（彭啸咸）辞，莘田云：“请为我分谤。”会散，泽承（游国恩）等相互云“此难通过之”，表示此事若传之于外，必多口舌。而今甫（杨振声）还，又必有是非也。莘田上学期欲开四小时课，下学期不开课，欲指导研究论文。一多闻之，亦云：“我亦效法。”佩弦云：“我亦不开课，或仅教大一。”国文系中，老教授惟四人，而今甫休假，此事传于外，亦将贻人口实。清常甚忠于莘田，而不敢自言。然昨晚莘田谈开会事，未及此数则，或不如是之严重乎？当婉言之。（《日记》1944年6月1日）

吃喝拉撒，杂事一大堆，已经足以把这个总务长弄得昏头涨脑了，大教授的日常生活中也不过都是些如此这般的鸡毛蒜皮事儿。他们每一个人，或许讲过、闹过也就回家看书写文章，过自己的日子去了，可作为总务长的郑天挺先生，却差不多天天都是一地鸡毛。有一天，为写日记和出试题，郑天挺先生竟需要把自己反锁在屋中："反扃房门，作书，记日记，出试题。数日来惟今日得此半日闲，然而研究考试又逼来矣。"（《日记》1940 年 8 月 13 日）在这种情况下，即便是忙里偷闲，还能坐下来稍稍读些书、写些文章，也已经是人中豪杰，寻常人是难以做到的。

对于忙里偷闲强挤时间来读书，郑天挺先生是有特别的思考，并努力践行其事的。

郑天挺先生自号"及时学人"。本世纪初，南开大学受业弟子为其编辑出版文集，题作《及时学人谈丛》，就是以此自号名书。那么，郑天挺先生为什么要为自己取此雅号呢？我想《郑天挺西南联大日记》中如下一条记述，可以为我们提供很好的答案：

> 为容希白（容庚）女琬书手册，用《淮南子》"谓学不暇者，虽暇亦不能学"语，此世人之通病。余欲常以此自勉，且以勉人。琬肄业北京大学外国文学系三年级。（《日记》1938 年 4 月 16 日）

缘此，自当奋发向学，不暇亦学，“及时”而学。

郑天挺先生在担任西南联大总务长之后不久，在日记中写有如下一段感想：

> 近读《越缦堂日记》，觉余之日记大可废。时事不书，个人之胸臆感想不尽书，读书所得又别书，每日徒记起居行止，大无味也。(《日记》1940 年 6 月 27 日）

显而易见，努力读书，写出一份清人李慈铭式的记录读书心得的日记，本是郑天挺先生倾心向往的事情。然而，学术之外的行政事务和社会工作，占去了太多时间，这使得郑天挺先生实在无法像李慈铭那样泛览群书并悉心揣摩体会书中载录的史事。

尽管如此，读书毕竟是这位书生的本分，也是他的本色。1938 年 3 月 30 日，初至昆明未久，郑天挺即意欲师法古人，为自己制定了每日读书的“日课”：

> 自移居校中，终日栖栖遑遑，未读一书，未办一事。翻检射猎，不足称读书也。工匠市侩之周旋，起居饮食之筹计，不足称办事也。常〔长〕此以往，真成志气销〔消〕沉之人矣。今略师求阙斋日课之意，每日读：
>
> 史书，五叶至十叶；
>
> 杂书，五叶至十叶；

习字，一百；

史书，先读两《唐书》、《通鉴》；

杂书，先读《云南备征志》《水经注》《苗族调查报告》。

此课程可谓少之又少矣，望能持之有恒。

实际上做到没有呢？繁乱的政务之中，这显然是做不到的，实际上不只是这样的“日课”无法坚持，就是针对读书所见所得写一些专题的札记（这本来是清代乾嘉以来学者们代代相承的治学办法），也是越来越难了。1940年8月17日，郑天挺先生很感慨地记述说：“不作札记者将一月矣，终日遑遑，不知所作何事。”“不知所作何事”这六个字，完全没有做过行政事务的学人，不一定很能明白当事者心里到底是怎样一种感觉。我阴差阳错地做过几年官，做中国社会科学院历史研究所的副所长，位阶虽较郑先生当年的职务还有很大落差，但具体的感觉应当没有什么差异。当然，郑天挺先生还另有一番抱负，所以他能忍，也愿意忍，这是我等会儿再讲的后话。

学问是读书读出来的。尽管可用的时间相当有限，郑天挺先生还是在这样看起来好像是不得其暇的日子里，勉力而为，读了很多书，思考了很多问题，也写出了一些高水平的学术论文。

在他的日记原稿中，本来附有一些这一时期撰写的学术论文的底稿，但中华书局这次整理出版时，对曾经正式刊发的文稿，都略去不载，但存其目，感兴趣的人自可到郑天挺先生的文集中去查阅，用不着我在这里多说。在这里，我只是随便举述几个小的事例，和大家一起体味郑先生的读书生活。

首先是读书治学的眼界和气魄。在1939年7月7日晚的一次友朋聚会上，郑天挺先生与蒋梦麟、沈肃文、樊际昌、张廷谦诸人长时间谈论北大、清华两校的学风。当夜，郑先生记述自己的看法说："北大精神，全在一'大'字。"所谓学风之大，当然主要是局面的阔展。就郑天挺先生本人而言，看这一时期读书的范围，知对隋唐与明清这两个时期，他都着力很深，这本身就已经很好地体现了当年北大学人为学局面之大。

做学问为什么格局"大"很重要？这是因为只有格局"大"，才能做得气势"通"。如上所述，隋唐和明清，是郑天挺先生齐头并进、关注较多的两个历史时段，通贯并观二者，就有可能发现单看其中一端所不易注意或不易破解的问题。《郑天挺西南联大日记》中记述说，有一天，郑天挺先生在阅读《唐书》和《通鉴》时注意到："其于玄武门太宗骨肉之变，所举建成、元吉欲害太宗之谋独详，且太琐细。"于是他参照清代史事推测说："疑太宗即位，恐天下之议己，乃捃拾旧事，一一归罪于兄弟，犹之清世宗即位后历数诸兄弟之罪。史官毕录，盖为失之。"（《日记》1938年5月13日）唐太宗发动玄武门之变篡位登基以后，恣意篡改实录，丑诋乃兄建成与其弟元吉，唐人国史，亦因循载录其事，这一点，对比温大雅所著《大唐创业起居注》，可以看得清清楚楚，而郑天挺先生当时不便检索相关史籍，仅仅是在阅读《唐书》和《通鉴》的过

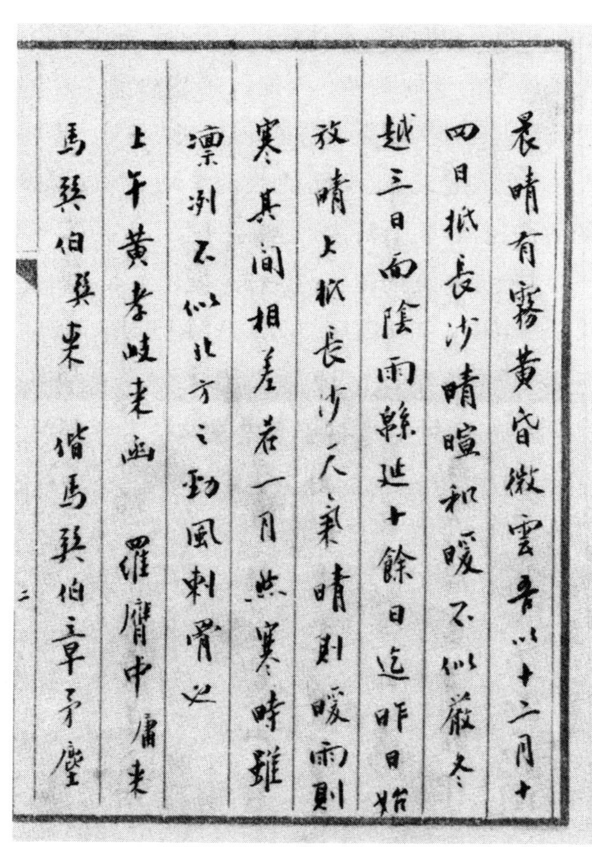
晨晴有霧黄昏微雲吾以十二月十
四日抵長沙晴暄和暖不似嚴冬
越三日而陰雨綿延十餘日迄昨日始
放晴大抵長沙天氣晴則暖雨則
寒其間相差若一月然寒時雖
凜冽不似北方之勁風刺骨也
上午黄孝岐来函 羅膺中庸来
馬巽伯巽来 偕馬巽伯章矛塵
二

《郑天挺西南联大日记》原稿中一页

程中自然而然地联想到雍正夺位后大肆歪曲历史真实面目的做法，从而推断唐太宗当亦有过同样的行为。这一认识，合情合理，正勘破《唐书》和《通鉴》在这一问题上的严重失误。所谓“史识”者，即似此多由通博得来，而不是闭目塞听、冥思苦想所能具备的。

所谓“通人之学”，动笔就会有所体现。如《日记》中所存为罗常培《恬庵语文论著甲集》所撰序文原稿，举述清朝著名学人的序文，以见为学术著作撰序，不当徒就“一书一事”以观之，免得堕入“空率酬应”的俗套，而评议罗氏文集所收十二篇文章，即遵循清儒成例，一一通观其学术旨趣，告读其文者，“分之可以明学问之流变，窥音义之精微，穷旧籍之渊奥，衡作者之纯驳；合之可以为文字、音韵、训诂之通说，悟治学之轨则”。要之，罗氏诸文，乃一如乾嘉诸老，“其所涉亦不徒一书一事已也”（《日记》1943 年 1 月 31 日）。

同样通博的学识，我们在郑天挺先生为陈汉章作传时也能够看到：

> 草《陈先生汉章传》略成。为学人作传，当撮述其造诣所在与其渊源所自，此钱竹汀先生与刘申叔师作诸先生传之成例。伯弢先生著作均不在行箧，余但就其行述，略事编排点窜，殊不敢示人。从吾（姚从吾）怂恿再三，遂写以付《史学双周刊》。钱竹汀曰：“碑志之文近于史者也，而其家持行状乞文者，未必通知旧章，秉笔者承其讹而书之，遂为文章

之玷。”(《潜研堂文集》三十一《跋道园类稿》) 今日之事颇近之,但子良兄弟所作行述,当无讹耳。他日当另作之。(《日记》1939年4月1日)

现在常常有些学人,除了自己那一点“专家”之学以外,对什么都几乎一无所知,往往会偶然看到饱学宿儒之一两篇自己多少能看懂一点儿的专题论文,就妄自尊大,以为其技不过尔尔,殊不知前辈学术渊深源远,绝非今时浅薄小子所能轻易比拟。

如上述为人作序作传事所见,具备这些学养,实际上与所谓“流略之学”具有直接关系。旧时所说“流略之学”,也就是关于学术流变的知识,这在很大程度上也可以说是关于古籍目录的学问。

从这本日记中可以看出,郑天挺先生对这方面的知识,一直是比较关注的。譬如,唐人刘知几的《史通》,用今天的学术术语讲,是一部“史学史”名著,也可以说是一部评议史学著作的重要著述。其评骘唐代初年以前的史书史家,词语凌厉,多所针砭。然而,如同清人章学诚的同类著述《文史通义》一样,怎样写史书好,这事儿高谈阔论容易,实际操刀下笔,可不像写诗作赋那么简单。这是个苦活儿,也是个功夫活儿,还需要有特别的眼力和笔力,不是你以为自己有才就能做到的。做过一些具体的研究,或是在研究中多利用一些史书,往往就会明白,刘知几和章学诚的议论,很多都是大而无当的空话，诚可谓英雄欺人之谈。郑天挺先生在阅读《新唐书》时，特别注意到“《新书》二百二十三下《奸臣传》有柳璨，史称其强记，多所通涉，讥诃刘子玄《史通》，著《析微》，时或称之，惜其书不传”（《日记》1938年3月21日）。不知他读《史通》，是不是早就有过我上面所说的看法，所以才会如此关注柳粲这部早已失传的著作。

通过《恬庵语文论著甲集》的序文和对《陈先生汉章传》的思考可以看出，郑天挺先生不仅谙熟逊清一朝的历史，而且对清儒的学术著述以及各门学术的源流也有很多、很具体的了解。

关于清人著述，时代虽近，有很多内容却不够清晰。现在我们了解清人著述最基本的书目，是《清史稿》的《艺文志》。在这一方面，《郑天挺西南联大日记》还为我们留下一份重要的记录：

> 汤锡予（汤用彤）介绍朱师辙先生来谈。先生为朱骏声之孙、朱孔彰之子，清史馆开馆，分纂《艺文志》。今日扣以修《艺文志》时，是否均以目见者为断。据谈《艺文志》原稿有二：一出吴士鉴手，一出章钰手。朱先生续纂初，以目见之书为限，期以五年，规模未具，而馆中以国民军北伐日亟，决提前付印。于是仓卒取吴、章两稿，剔复正类，遂成今日《史稿》之《艺文志》。惟付印时，金梁复妄有增易，已不尽如原稿矣。至朱先生目见之本，别撰《三馆目录》一

书记其略。三馆者，清方略馆、清国史馆及清史馆也。又谈及清史馆档案皆移之故宫博物院，其中多有可参证者。(《日记》1939年5月27日)

朱师辙先生在上世纪50年代出版有《清史述闻》一书，所谓“清史”，指的就是现在我们看到的《清史稿》，载录相关编修文件并记述纂修经过，而书中对《艺文志》纂修过程的叙述，似尚不如上述说明简而得要。

朱师辙祖父朱骏声，以经学小学著称，朱师辙承其家学，也对清人经学小学著述致力殊多。在《清史述闻》中列有一篇自撰《重编清史艺文志经部说明》，阐述了他对更好地编录清人经学著作的见解。唯时局动荡，世事变迁，其心愿始终未能实现。不过他写成了一部简明扼要的《清代艺文略》，在日军全面侵华之前的1935年，由华西协和大学哈佛燕京学社出版，还是留下了对清儒经学成就的概括性认识。这部《清代艺文略》可以说是了解清人经学以及小学研究成果最好的一部基础性著述，时下却基本无人知晓。我曾得到一部某学人的批本，批注的内容，对原注有诸多重要补益，或即出于朱师辙本人之手。虽然很早就想把它标点整理出版，供大家参考利用，惜滥情过甚，每见猎心喜，纵笔所之，稀里糊涂地就不知道游走到了什么地方，不知什么时候能坐下来干这等乏味的苦事。

不管多大的学问，都是从基础做起的，读书当然首先要关注基础的知识。目录学的知识，是文史学者在广博领域内从事研究的一个重要基础，而与此相比，对于时间、年代和地理空间的认识，或许更占有基础的地位。对这些内容，郑天挺先生也是相当重视。

1942年8月，新生入学考试结束未久，在一次给西南联大师范学院附属中学讲演时，他“以此次招生历史试卷之凌乱错误，证明中学生之常识丰富而观念不正确，于时间观念、地理观念尤甚。此其故盖在教本教材之不能接受或不愿接受，因而主张下列三点：一、增进兴趣与了解：（甲）加图表模型，（乙）加乡土教材，（丙）以人物为中心；二、养成正确观念：（甲）注意年代，于中国纪元外加公元，（乙）注意地理，（丙）注意编次”（《日记》1942年8月20日）。虽然针对的只是中学教育，但中学是大学的基础，高深的研究正需要依赖这种一般的基础。

在《郑天挺西南联大日记》一书中，我们还可以看到，郑天挺先生对与时间密切相关的天文问题，也充满了兴趣。如他对天象的关注，曾记某日“六时，见新月如钩，金星临其上，作☪形”（《日记》1942年1月18日）。注意到金星与月亮的位置关系，这已经是很细致的观察了。前此我写文章论辩《史记·秦始皇本纪》中“禁不得祠明星出西方”事，知前人认识的错误，就是因为他们并不了解金星的运行规律，不知道还有“明星（即金星）出西方”的事情，说明很长一段时间以来，中国的文人士大夫就对常见的天象不大关心了。不过现在印出的日记文本，其中绘图的形式，或有差误。盖新月的形状，在地面上看起来不会是☾的形状，而应呈☽形。不知是郑天挺先生当时随手绘图有误，还是现在的印本在排印时疏忽搞反了方向。

有意思的是，郑天挺先生见到“新月如钩，金星临其上”这一天是阴历十二月初二，而在初二这一天，通常是不大容易看到新生之月的。中国古代称每月第三天为“朏”，看字形就明白，指的是月亮初现的意思。1946年3月5日，郑天挺先生在北平又一次注意到了新月，特地在日记中做出如下记述：

> 时六时四十分，忽见天空有微月，光甚曜。今日阴历为初二日，尚不易见月，惟高地或见之。余蓄疑久，在昆明时时留意，仍未得确证。今于北平复见之，岂旧闻不尽确耶？抑推算有误耶？往时尝以初二日见月之故询之习地理者，未得解，仅告以回教徒以见初二月为吉庆，则非难事也。何以我国载籍又深异之耶（朱竹垞谓惟大同能初二见月，有诗，容查出）？

初二的月亮，肉眼能够清楚看到的概率，毕竟较低，这里的道理并不深奥，不过郑天挺先生确实不懂天文历法的原理，所以始终懵懂其事。这一点，他在看待清代初年著名的杨光先《不得已》案时，也表现得非常清楚（《日记》之《蜀道难》1941年7月2日）。这种情况，也可以说是那一时代以来绝大多数文史学者难以突破的一个局限，顾炎武所说“三代以上人人皆知天文”那个年代，毕竟已经逝去很久很远。

谈到基础文史知识的欠缺和局限，古籍版本也是郑天挺先生相对薄弱的一块短板。前文所说蒋良骐《东华录》的问题，就明显透露出这一点。盖蒋良骐《东华录》初仅以写本流传，世不多见。其书初刻于日本，时为日本天保四年亦即清道光十三年（1833），这是迄今为止，蒋氏原书唯一的刻本和印本，而中国在道光年间以后流传的各种题作蒋良骐《东华录》的刻本，乃至现在通行的西式印本，无一不是奕赓的《重订东华录》，已经迥非蒋氏原书的本来面目（拙文《记和刻本蒋氏〈东华录〉》，对此有详细考述，文刊《古文献整理与研究》第2辑，中华书局，2016年11月），而道光年间以后中国国内的各种刻本印本，实际上并不稀见，郑天挺先生说他在北平"求之数年未得"，正说明他对古书旧刻并不讲究，并没有像邓之诚先生等人那样与古旧书肆有密切的来往，所以才会出现上述情况。

郑天挺先生对古籍版本的隔膜，还可以从下面这一条读书日记中看出：

> 读《新唐书》，向以为同文书局景（影）印书籍最可信，连日读《新唐书》，见讹误不少。(《日记》1938年3月21日)

他当时使用的《新唐书》，是同文书局影印殿版"二十四史"本。这殿版"二十四史"，质量本来就不高，当时讲求版本的学人，对它并不重视；况且同文书局的印本，其底本还存在其他更严重的问题。对此，与郑天挺先生约略同时人钱基博就有很清楚的认知：

> 光绪间，泰西石印法初传至中国时，粤之徐氏创同文书局，印精本书籍，最著名者为覆印武英殿“二十四史”，皆全张付印。徒以所得非初印本，字迹漫漶，乃延人描使明显，便于付印；又以书手非通人，遇字不可解者，辄改以臆，讹谬百出！尤可笑者，自云所据乾隆四年本，而不知四年所刻，固无《旧五代史》；又未见乾隆四十九年殿本，辄依殿板行款，别写一通，版心亦题乾隆四年。书估无识，有如此者！然世乃以其字迹清朗，称为佳本！（钱基博《版本通义》卷三《读本》）

对比之下，足见古籍版本之学确非郑氏所长。其实学术谁也做不到全知全能，有所长，必有所短；况且时代和身处的位置，都要求郑天挺先生最好能具有相应的外文能力。于是在繁杂的公务之外，他还要花费一些时间自学英语（《日记》1940 年 6 月 2 日、14 日），这也要耗去很多功夫。后学晚辈没有必要对任何一位我们钦敬的长者盲目地无限崇拜就是了。

在另一方面，对金石文字、书画篆刻等项内容，郑天挺先生则显然颇有兴致。在这一方面，《郑天挺西南联大日记》中所记对阮元《积古斋钟鼎彝器款识稿本》的考订，似乎最能显现他的情趣。

盖阮氏《积古斋钟鼎彝器款识》，乃于嘉庆九年（1804）成书，系萃集并世十二学人所蓄以及本人旧存金石拓本，以接续宋人薛尚功在绍兴时期刊布的《历代钟鼎彝器款识》，自言“薛尚功所辑者共四百九十三器，余所集器五百六十，数迨过之矣”（《积古斋钟鼎彝器款识》卷首阮氏自序）。这是在乾嘉考据学日益兴盛的学术风尚下，学人为更加充分地直接利用早期史料而形成的一部金石学名著，也可以说是一部在当时具有一定集大成意义的巨著，当然对推动古物鉴赏的风气也具有重要影响。

郑天挺先生看到的所谓《积古斋钟鼎彝器款识稿本》，虽然没有清楚说明其版本性质，很容易给人以直接观摩手稿的印象，但实际上应该是光绪末年由朱善旂石印的东西。朱善旂父为弼，也很喜欢搜集研治三代吉金铭文，是阮元辑录旧拓的十二家学人之一。朱善旂印行的这部《积古斋钟鼎彝器款识稿本》，只是阮氏《积古斋钟鼎彝器款识》的一小部分内容，其间既有朱为弼的手迹，也有许多阮元的笔墨。朱善旂在此石印本上附有题记，判断乃其父书稿先成而被阮用作己物，以致如郑天挺先生所云，此“稿本”一出，“世亦以此为文达盛德之累”。

并不研究上古三代历史问题的郑天挺先生，是特地从罗常培先生那里借来此书阅读的。我想，此举应该更多出自他对古物的兴趣。为一探究竟，郑天挺先生竟连奋三日之力，在日记中举述十证，详加分析，终于辨明真相，盖“阮氏之书实萃诸家之说之长，非出于一人一时之手，尤非掠人之美。其纂辑之任委之朱右甫（德勇案：即朱为弼），而阮氏亦尝自撰述其定本，更经诸家参订（故稿本与刻本颇有异同），非全出之朱氏，尤非朱氏先有成书而阮氏借名刻之也”。

这是一篇很精湛的考证，对了解阮元《积古斋钟鼎彝器款识》这一名著的成书过程，颇有帮助。有意思的是，郑天挺这篇考据文字，是写在这一年旧历年底的腊月二十八至大年三十这三天之内，其兴致之高，亦技痒难耐，于此更彰显无遗。就在动笔写这篇考据文稿的那一天，郑天挺先生和魏建功、罗常培一同逛古玩店，其间罗常培和魏建功各得一砚，而他本人一无所获，回家后在日记里悻悻然记下一笔云：“玩物丧志，而贪嫉之念随之。今后拟不再寻求，且不复为友好寻求矣。念之念之。”（《日记》1938年1月28日、29日、30日）是不是真的摒弃了这方面的癖好，不得而知，不过一般来说，这恐怕比戒嫖戒赌更难。

对古董文物的喜好，对历史学者来说，其实并不是什么坏事，如常语所云，技不压身。这些古器古物、古刻古铭，会使你更贴近逝去的历史，而贴近了，才能有细致入微的体会。在这里讲句胡话，这样的体会，或许可以借用“体贴入微”这个成语来描述，至于别的学者能不能也有这样的感觉，就看你自己了。

由于后来集中精力研治清史，这种爱好，使郑天挺先生对清代的文物，更有了深入细致的了解，这也为一些重要历史问题的研究，发挥了至关重要的作用。

当年曾有人伪造了一件所谓慈禧诏谕。诏谕中讲老佛爷曾把钓鱼岛赏赐给了大臣盛宣怀，文曰："皇太后慈谕：太常寺正卿盛宣怀所进药丸，甚有效验。据奏原料药材采自台湾海外钓鱼台小岛。灵药产于海上，功效殊乎中土。知悉该卿家世设药局，施诊给药，救济贫病，殊堪嘉许。即将该钓鱼台、黄尾屿、赤屿三小岛赏给盛宣怀为产业，供采药之用。其深体皇太后及皇上仁德普被之至意。钦此。光绪十九年十月。"

吴天颖先生在研究相关问题时，曾向郑天挺先生请教这件诏谕的真伪，先生当即清楚答复如下：

> 第一，材质不合一般上谕：在所接触的清代上谕中，均为普通白折纸写就，向来没有用棕红色布料书写的。
>
> 第二，书写习惯不符：光绪时代，如系光绪帝根据皇太后旨意发布诏谕，写作"朕钦奉圣母（或"慈禧端佑康颐昭豫庄诚寿恭钦献崇熙"）皇太后懿旨"；如系由皇太后直接发布，当作"钦奉慈禧端佑康颐昭豫庄诚皇太后懿旨"。
>
> 第三，"慈禧皇太后"大印，有异于清廷一般诏谕上所用玉玺，后者为满、汉文具列，即印框右行为篆文，左行为满文。
>
> 第四，"御赏"腰章不用于"赏赐"，而用于书画等艺术品的"鉴赏"。（吴天颖《甲午战前钓鱼列屿归属考——兼质日本奥原敏雄诸教授》，社会科学文献出版社，1994 年）

慈禧皇太后之寶

皇太后懿旨太常寺正卿盛宣懷所進藥丸甚有效驗
據奏原料藥材采自臺灣海外釣魚臺小島靈藥
產於海上功效殊乎中土知悉該卿家世設藥局
施診給藥救濟貧病殊堪嘉許即將該釣魚臺黃
尾嶼赤嶼三小島賞給盛宣懷為產業供采藥之
用其深體
皇太后及
皇上仁德普被之至意欽此
光緒十九年十月

今人伪造的所谓慈禧诏谕

对于具有相应学术素养和基本学术质量的学人来说，结论不言而喻——这是一件赝品。技到用时方恨少。业师黄永年先生常对我讲，一个好的学者，或者说真心向学的学者，应当努力做到十八般武艺样样精通，该用什么，就拿出什么，这才能真刀真枪地上战场，而不是自己师心自造一个模式，逮着啥都死乞白赖地往里套。真正做到这一点，恐怕很不容易，甚至谁也做不到，至少是不会做得很好，但先得有这个意愿，同时也有这个情趣，才能做得更多一些，更好一些，也就能把学问做得更博更通一些，这样才能更加得心应手地做研究。换个角度看待这一学术素养问题，可以说只有这样，一个学者才有可能坦然面对随时出现在眼前的问题而对其加以探讨，而不是永远只研究自己给自己制造的那一个问题。

作为一介书生，郑天挺先生喜好读书，喜好治学，却难得有暇读书，这当然不是由于玩物丧志，而是他所担任的行政工作，让他无法一心一意地读书治学。这样的窘境，并不是别人强加给他的，在很大程度上是他自己找的，是他“自作自受”。现在我们来评议郑天挺先生的处境，很难说是悲剧，还是正剧，只能说是历史赋予他的命运。

所谓修身、齐家、治国、平天下，本是古来读书人胸怀的理想，困守书斋，不过是很少一小部分书呆子想要的生活。近代以来，职业的分工日趋细密多样，大千世界中，能够有条件为读书而读书，还会领到一份过得去的薪水，当然也是一种不错的选择。然而社会毕竟是一个复杂的体系，总需要有人在社会体系中发挥组织协调的作用。事因人成。这样的工作，由好人来做，还是由不好不坏的人来做，或是让坏人来做，对社会生活的好坏，是有重大影响的，因而人们总是希望能够有一些好人出来承担这样的工作，也总是会有那么一些人愿意挺身而出，为大家，为社会，来做这样的工作。

在学术界，出来做这种组织工作的人，最好是既以学术研究为人生理想，同时又把行政组织工作看作践行其学术理想的举措。这样的人在民国时期，不乏其人，从蔡元培、胡适，到傅斯年、顾颉刚，都是一时人杰。完全可以说，没有他们的组织工作，就没有那个中国学术的黄金时代。

当年读书的时候，我的老师史念海先生曾颇有感慨地说，现在我们办那么多学术刊物，怎么没有一份能够达到当年《史语所集刊》的水平？这个问题，我们谁也不好正面回答，但当年的《史语所集刊》能够办得好，在具体的人事上，是因为有傅斯年在主持其事，这一点是毫无疑义的。没有傅斯年，不仅不会有当年的《史语所集刊》，甚至根本就不会有那个人才荟萃的史语所。就我个人从事的专业历史地理学研究来讲，也可以说，没有顾颉刚先生在上世纪30年代的组织工作，如创办禹贡学会和出版《禹贡半月刊》等，中国就根本不会有历史地理这个学科。

所以，当我们今天谈起当年北大和西南联大的辉煌时，就不能忘记郑天挺先生这个北大秘书长和西南联大总务长为之付出的大量心血。

郑天挺先生的天下社会怀抱，我们在他这本日记中可以看得清清楚楚。1938 年 1 月 18 日，当北大南迁，短暂居留长沙的时候，郑天挺先生因与友人逛书肆，触物感怀，不禁引发胸中的情愫：

> 饭后偕雪屏（陈雪屏）、建功（魏建功）、莘田（罗常培）游玉泉街书肆，余得聚珍巾箱本《水经注》一部，价一圆二角；建功得《海陵文钞》一部，价三圆三角；莘田得曾文正尺联一，描金红蜡笺行书，文曰："世事多从忙里错，好人半是苦中来。"上款为"云仙仁弟亲家性近急遽，纂联奉赠"，下题"同治元年八月"，盖书贻郭云仙（嵩焘）者也。众皆定为真迹，而价仅三圆余，尤廉。四时归校。……晚饭后毛子水来谈，因及莘田所得曾联，子水云其语盖出于陆桴亭"天下事何尝不是忙里错了"，又云曾文正尚有"天下无难事，天下无易事；终身有乐处，终身有忧处"一联，尤为名言。子水尝自号"诗礼堂"，并撰联曰："利民人序后嗣，哀窈窕思贤才"，又尝集《文选》"飘飖放心意，窈窕究天人"，韩文公句"陋室有文史，冥观洞古今"为联，亦是(足？)以见其胸臆也。……晚，翻阅《八贤手札》，胡文忠称左文襄为老亮、郭意诚为新亮、郭云仙为南岳长老。吾自少心仪诸葛公，侪辈尝以丞相相戏。夏间留平守校，膺中、莘田、雪屏又戏呼为文毅。及决意南来，欲留衡山讲述，遂自号南岳僧。偶读诸札，不禁哑然。然诸贤宏济之略，又岂小子所及哉！勉之！勉之！

魏建功先生为郑天挺先生所刻“指挥若定”杖铭

其“自少心仪诸葛公”一语，已经把他的人生志向表曝无余，而要想为社会成就一番事业，对待工作中遇到的困难，就要有曾国藩那样一种雍容的心态，即“天下无难事，天下无易事；终身有乐处，终身有忧处”，这样才能忍得住无赖，耐得住无聊。前面我们看到郑天挺先生在为自己制定读书日课时据依的成例，是“求阙斋日课”，而古人本来有许多这类读书日课，所谓“求阙斋日课”乃是曾国藩的读书安排，郑天挺先生在思量读书进程时首先想到这一“求阙斋日课”，无意间正透露出他对曾文正公经世功业的景仰。一年多以后，罗常培女弟子张某写录辛弃疾《水龙吟·渡江天马南来》词为郑天挺先生四十一岁生日贺寿，先生就此记云：“余最喜此词‘算平戎万里，功名本是，真儒事、君知否？况有文章山斗’数语。”（《日记》1939 年 8 月 18 日）这愈加阐明他想要为社会建功立业的心愿，这也可以说是郑天挺先生一生关节所在。我们今天亦须先明此心此意，才能读好读懂这本《郑天挺西南联大日记》，知晓其读书做事的精神境界。

2018 年 9 月 28 日晚记

良心、良笔与良书
——读马长寿著《凉山罗夷考察报告》

我看社会学、人类学、民族学之类学科对研究对象的考察，也就是他们所说的“田野”工作，总觉得是天地良心的事儿。真做假做，做好做坏，往往只有自己心里明白。

很多年前，在日本，举着酒杯和北京大学社会学系一位学者谈论这些学术方法论问题，就直言不讳地谈出了这一想法。还好，没有挨他的批，还一定程度上得到了认同。其实人文、社会学科中对很多问题的研究，都有很浓重的“良心”的成分，从自己的良心出发，对自己的良心负责，这样才能做出具有学术价值的学问。

摆在我面前的这部《凉山罗夷考察报告》，是马长寿先生的一部遗稿，讲的是凉山彝族的事情。

我知道马长寿先生，是上世纪80年代初在西安随史念海先生读研究生的时候。当时，他已经去世一段时间。

那时我是在陕西师范大学读书，同在西安一城的西北大学，是马长寿先生在上世纪50年代以后的工作单位，那里有

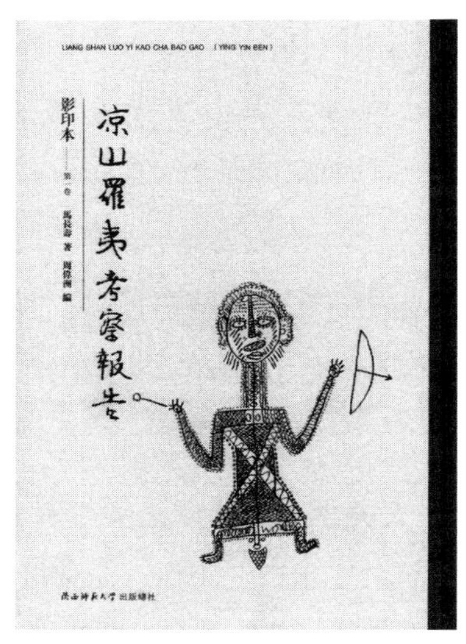

《凉山罗夷考察报告》封面

他的学生，会常常提到他。不过他在我们这些晚辈的眼里，只是一位历史学者；更具体地说，是一位研治民族史的学者。

马长寿先生研究民族史的著作，像《北狄与匈奴》《乌桓与鲜卑》《碑铭所见前秦至隋初的关中部族》《南诏国内的部族组成和奴隶制度》等，我在硕士生阶段就都浏览过。读这些书就知道，他当然是历史学界一位令人景仰的前辈。不过民族史不好研究，我没有能力对这个领域多加关注，因而也没有更多关注马长寿先生的学术经历。

现在，读到这部《凉山罗夷考察报告》，同时再了解相关背景，才了解到马长寿先生本来学习的专业乃是社会学，是由社会学转入民族学研究的。其实际从事的工作，在 1952 年院系调整之前，也一直是以所谓“民族学”为主。

从这一背景出发，我是把这部《凉山罗夷考察报告》当作一部民族学的调查记录来阅读的；事实上，专家们也是首先把它定义为一部完整、系统的凉山彝族民族志的。

关于他走入民族学研究的经历，马长寿先生在《自传》（见周伟洲编《马长寿文集》，陕西师范大学出版总社，2019 年）中这样写道：

> 我考入（中央大学）社会学系。但到校之后，始知此系的教授，主要是讲美国社会学的。没有一个教授敢讲“社会科学讲义”式的社会学，不免大失所望。转系呢？很困难，好在当时可选择一副系，可以随意选课，于是我选了历史系。我也曾想明了上海之类大都市社会内容，到上海一次，参观了些工厂和公司，觉得千头万绪，无从下手研究。后来到乡下实习农村调查，觉得现代大都市旁边的农村文化，也不易分析。所以，从第三年开始，我就自动地研究民族学、民族志和中国的少数民族，就是在社会学里学习民族学。……对民族学这门学问逐渐爱好起来，以至成为我终生从事的事业。

基于这样的“夫子自道”之语，我想或许有理由把这部《凉山罗夷考察报告》看作一部独特的社会学研究著述；至少可以说，这是一部主要由社会学视角来考察民族学问题的重要

马长寿先生和他的夫人
（据周伟洲编《马长寿文集》）

著述。

其重要性，首先是在这一时期，我们很少看到同类的著述。现在看到的这部《凉山罗夷考察报告》，原本早已正式写成并清定文稿。作者在《自传》中记述说：

> 1939—1940年我在乐山写成了《凉山罗夷考察报告》。因为绘图多、照片多、彝文多，在当时没出版。新中国成立后情势变了，新的资料没有收入，而且没有从新的观点加以

批判和整理，因而积压在箱中。

这篇《自传》是由马长寿先生在1956年写给西北大学党委的自述与“文革”中的“交代材料”拼合而成，故“新中国成立后”云云，只是例行的套话，这一点年龄稍长者应该都不难理解，而当年由于“绘图多、照片多、彝文多”这些技术原因未能如愿出版，作者显然是深怀遗憾而又无可奈何的。

这部著作由于“绘图多、照片多、彝文多”给出版印刷造成的困难，直到十四年前的2006年，依然存在。这一年，马长寿先生的学生周伟洲等人在巴蜀书社整理出版此书，仍不得不把这些与原文文字紧密相关而又十分珍贵的图片、照片和老彝文文字舍除未印。

这样的缺憾，终于在去年，也就是2019年7月，得到了弥补——陕西师范大学出版总社影印出版了这部著作，这就是我看到的5大册16开精装本《凉山罗夷考察报告》，全书所有内容，都一如作者誊写的原样。

时间已经过去了整整八十年。但透过作者流利的字迹，依然能够清晰地感知马长寿先生治学的良心和他写录、分析彝族社会生活状况的良笔，能够看到他为这一调查所付出的艰辛努力。就像我在前面所讲到的那样，虽然马长寿先生在上世纪50年代以后，其学术业绩都是民族史研究，都是历史学范畴之内的工作，但他这部早年的著作，可以说是一部民族学研究的典范，也可以说是一部具有重要社会学特点和意义的民族志。

在民族学和社会学研究领域，这部《凉山罗夷考察报告》，应该说代表了当时的最高水平，其研究方法和表述形式，都体现了那一代中国学者的学术认知程度。在马长寿先生此番考察的前后，像研究彝语彝文的马学良先生，同样研究民族学的江应梁先生，也都进入凉山彝区，做过很多工作，江应梁先生还在1948年出版了《凉山夷族的奴隶制度》一书，但马长寿先生这部《凉山罗夷考察报告》，其考察的系统性和研究的深入性，总的来说，都要更好一些，或者说更具有社会学意义和民族学意义。即使抛开凉山彝族地区不谈，放到整个中国的大背景下去看，在上世纪30年代，像这样高水平的民族志，恐怕也是凤毛麟角的。因此，现在影印出版马长寿先生这部书稿，对于中国民族学和社会学的发展而言，具有重大的学术史意义。

按照我的理解，从社会学角度看，马长寿先生当年花费很大精力写出这部《凉山罗夷考察报告》，是要为世所用的，也就是服务于当时的社会，让外界更好地认识和理解彝族社会，以妥善处置各项问题。然而在箱底里积压几十年之后，到了今天，就像马长寿先生所说的那样——“情势变了”，即在时过境迁之后，其应用于现实社会的价值，已随着时间的流逝而明显减低。可是，若从历史研究角度来看，或者是从深入认识凉山彝区社会与文化背景这一视角来看，其经典性价值，不减反增，而且会随着当地社会的迅速变化而日渐增高，会产生越来越大的历史价值，转化成了马长寿先生毕生研究的民族史这

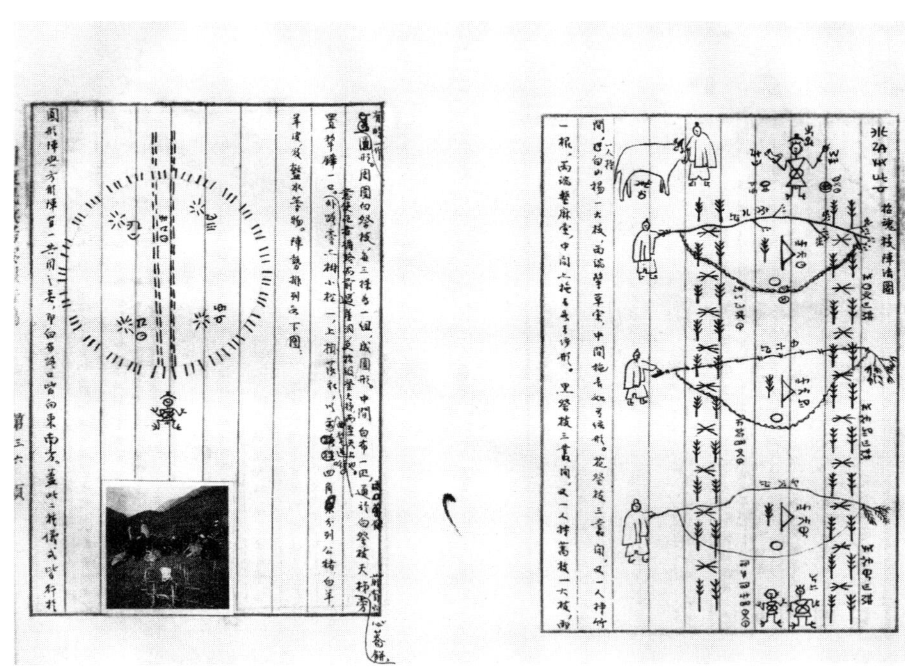

招魂枝陣法圖

間，一人持白山楊一大枝，兩端繫草索，中間拖長如弓弦形。花祭枝三叢間，又一人持竹

一根，兩端繫麻索，中間亦拖長如弓弦形。黑祭枝三叢間，又一人持蒿枝一大枝，兩

圓形，周圍白祭枝，每三株為一組，成圓形。中間白布一匹，通行白祭枝天棚旁

羊皮及盤水等物。陣勢排列如下圖。

圓形陣無方，前陣留一出口，出口皆向東南方。蓋此二種儀式皆行於

第三六頁

《凉山罗夷考察报告》内文

一学科的重要资料。在我看来，这也是这部书在今天最主要的价值。

除了研究彝族彝区本身的历史之外，参照彝族的历史来解析中原王朝统治区内的历史现象，也是很多前辈学者做过的重要工作。大的模拟推论，如奴隶制这样的问题，自不必说，还有中国古代很多具体的制度，有人也借鉴彝族的情况，做过探讨。例如，马学良先生有一篇《古礼新证》（原载《中央民族学院学报》1985年第2期，后收入作者文集《马学良民族研究文集》），就分别举述“椎牲”“社祭”“相见赋诗”“衅礼”“祭祀割羊牲登其首”这样几个题目，论述了彝礼同中原古礼的相似性和相通性。

阅读马长寿先生这部《凉山罗夷考察报告》，无处不让我感觉这实在是一部以良心、良笔写成的良书。然而学术研究就是一件让人遗憾的事儿。在当年，一个在中国北方长大的汉族学者，深入西南彝区去做考察，毕竟还是一件很困难的事儿。马长寿先生为写这部报告，先后两次进入彝区，但在大小凉山彝区前后停留的时间，总共不过七个月上下。在这有限的时间内，其考察的深度和认知的准确性，是难以做到尽善尽美的。这是我们今天在阅读这份报告并利用它来从事相关研究时需要适当予以关注的。

譬如，关于彝族的历法问题，《凉山罗夷考察报告》第十编《历法与年节》有如下记述：

> 纪日、纪月、纪年之序，皆以鼠始，以猪终，共计十二动物之名，以名日月年，为一周。周而后始，以序例推。……罗历以汉历之正月为鸡月，……十二月为猴月。

这意味着彝历与汉历大致相同，也是一年十二个月，即采用所谓阴阳合历，积月为年。这种阴阳合历的关键，在于重视月相，而阴阳合历的要义在于合理地搭配年与月，其关键点乃是设置闰月。可是，马长寿先生却又记述说：“罗夷之时日观念，最注重者为日，于月则渐淡泊，于年则更漠然矣。”假若果真如此，那么，何以还会有十二个月的设置？这样的情状，实在是令人无法理解的，其间必有误解误记的地方存在，即所谓语焉未明者在焉。

对比民国时期中国西部科学院在1935年所出版的调查报告《雷马峨屏调查记》和江应梁先生的《凉山夷族的奴隶制度》，即得以知晓，其实彝族本族的历法，是一种十月太阳历，即每年十个月，每月三十六天，另有五天或六天为“过年日”，一年总计三百六十五天或三百六十六天，而划分一年为十二个月的纪月形式，完全是因与汉人交往而吸纳来的汉家制度（刘尧汉《凉山彝族太阳历考释》，见作者《彝族社会历史调查研究文集》）。

天文历法，是一个民族文化构成中的核心要素，而厘清这一情况的意义，则不仅可以让我们更好地认识彝族文化，更深地追溯其历史渊源，更为重要的是，它还可以启发我们更好地认识中原地区早期文明的一些基本内容。譬如，夏代究竟实行的是太阳历还是阴阳合历？孔子所说“夏时”指的究竟是什么？商朝后期与“祀周”近乎一致的“祀”表述的到底是太阳年还是“阴阳混合年”？四海同心，四夷同日，所有的人，头顶上照耀的都是那同一轮太阳，天道天理，不能不相通相融。

2020年1月21日记

生不逢时

古往今来，这块土地上的人们，活着，往往都很无奈。于是，就把这一切的无奈，都归结为命。

主宰着命的，是头顶上的苍天，而体现苍天意志的首要环节，是妈妈什么时候把你降生到尘世间来。

所以，帮你算命的人，要首先看你的生辰八字。

我妈妈是一个被组织教育出来的彻底的唯物主义者，当然不信算命这种把戏。这影响了我，到今天也没去算一算自己的命到底咋样。

其实自打稍微懂点事儿，我就知道，自己命苦，这用不着算。

第一，是身体不好，从小就体弱多病。一年到头，平平常常，累积起来，总有一个月上下，是躺在炕上治病养病的。这不是命还能是什么？

第二，家里本来好几个孩子，我也不是老大，可帮助爸妈干活儿的那个孩子，一直主要是我，甚至往往干脆就只有我。

这个，非独生子女家庭长大的人都明白，不管家里多少兄弟姐妹，但总是只有一个倒霉蛋是那个干活儿的。这没什么道理，自然形成的，差不多家家都一样，而所谓“自然形成”，其实就是命中注定。

第三，在社会上，永远不受“领导”（包括“领导”式的老师）待见。那会怎样？稍微在社会上混过几天的人都明白：后果很严重。原因，当然是父母传下来的命所规定了的：五行缺少那个柔顺的水，命里没有拍马屁的元素（当然血液里遗传的更没有打小报告的基因）。

这命，还用算吗？从小就明白，我就是一个苦命的人。所以，只有努力，和这个悲苦的命运抗争，不管命有多苦，也总要努力活着。这听着好像很励志，其实是因为我很懦弱，是因为我太懦弱。身体不好，所以很小就常常想到死亡。这让我自幼就对生命的消逝充满恐惧。既然命苦，就要加倍努力，要不你怎么和那些好命人活在同一个世界上。

为什么命这么苦，小的时候，当然想不明白。后来长到很大年龄，长到稀里糊涂地成了个土鳖“历史学者”，明白了自己的成长过程，其实就是历史的一部分，这才慢慢知晓其中的奥妙——这是因为我生不逢时。

我出生的时间，是1959年8月11日。

日本人做啥事儿都俨乎其然正儿八经的，管这个日子叫“诞生日”。一介草民，你“诞生”个啥，伟大的人物才有资格称“诞生日”呢，给他们用的更庄重的词儿叫“诞辰”。

生下来就是苦命，我也从来没过过生日。小的时候，父母就没给过过一次生日。当时家里的习惯，是老人过生日，小的给老的拜寿。记忆中唯一的庆生场面，是给奶奶过寿。小屁孩要是过生日，那成什么体统，难道要老爹老妈给你拜寿？长大了，苦命中奔波，忙得颠三倒四的，就更没那份闲心了。

1959 年 8 月，本来，眼看就到秋收的季节了，可是这一个秋天在这块土地上却没收上来多少粮食。百姓咽下肚里的食物，当然不会比收上来的粮食更多。专家们的算法，虽然各不相同，但不管怎么算，这一年，都处在标准的“大饥荒”时期（或者叫“困难时期”“三年自然灾害”时期）。

当时，粮食的匮乏究竟到了什么程度？所谓专家，各有各的说法。这个我弄不清楚，也没法弄清楚。

至少就我家这个很具体的“个案”来说，组织上说得很对，家里确确实实没有一个饿死的（不过需要说明：我家是在一个小城镇，爸妈都是领薪水、有基本粮食供应的公家人，体现阶级属性的“家庭成分”也不错）。

妈妈说，我生下来就块头硕大，也从一生下来就能吃，咬住妈妈的奶头不放松，当然是使出吃奶的力气往肚里吸。

可是，妈妈打从怀上我，就没吃上过几顿饱饭，生下我的时候，更是天天挨饿。就是我天生懂事儿，知道妈妈饿得慌，不去吃奶，妈妈也已经饿得双腿浮肿，两眼冒金星。这样的体质，奶水的数量和成色，可想而知。孔夫子为什么说“民以食为天”？因为吃是天性。

记事儿以后，清楚知道妈妈身体很不好，觉得很对不起妈妈。为什么自己那么没出息？那么贪吃？少吃两口奶，也许妈妈身体就不会那么虚弱。其实这真是想不着的事儿。在食物高度匮乏、极端饥饿的情况下，情况还真不是你事后想象的样子。

妈妈说，当时家里是“定量”分配最低限度的食物，一人一份，并没有因为她怀我生我养我能多分到一点儿。只有身处其时，身处其境，你才能真正明白，当时到底发生了什么。

这一时期这片国土上其他地区的具体情况，我不知道，但对我的家乡，还是有一个非常直观的认识的；更何况后来我上大学学的是地理学，对那里的环境状况，还有了更加深入、系统的了解。

我的家，在东北，虽然不能说就在松花江上，但也离松花江边不远——实际上是在松花江右岸支流嫩江右岸的一条支流阿伦河边（用学术术语讲，这叫松花江的二级支流，属于正儿八经的“松花江流域”之内）。

我出生的那个小镇，叫那吉镇，是当地一个县级政权阿荣旗的政府所在地；通俗的说法，是个边陲小县城。

一直到我在1978年春天进入大学读书，这一带只要出了城，还都是一望无际的荒野。地广人稀，可开垦的荒地，无边无际。在这之前若干年内，我亲眼见到，大批从关内山东、河北以至河南逃来的农民，径行开荒种地，还主动上交公粮。

这意味着只要善待种地的农民，满山遍野就会长出大豆高粱。这里虽然会有“赵光腚”式的贫困的人，但在当地的环境条件下，本来谁也不会挨饿，从来也不会有人挨饿。因为“食色性也”，饿了，自然会出去找食儿。只有不让农民好好干活，或是强行拿走他们种出来的绝大部分粮食以致来年种地的种子，这才会有人饿肚皮。

果然，爸爸、妈妈告诉我，第二年，组织上放开了政策，让机关“干部”（其实就是普通的小职员）自己开荒种地。我爸爸拿把镐头，开地种了一些土豆，家里人的饥饿状况，始得缓解。

可这时我已经断奶，错过了人生的起跑点，营养严重不足对身体的戕害，仅仅多吃几个小土豆，显然是无法弥补的；特别是后来在很久以后才明白，自己幼小时候所缺少的营养，不只蛋白质之类的物质而已，还有精神上的营养，实际比物质营养更加匮乏。

就这样，我的命，被定在了那个很低下的格子里。信不信由你，一切，终究都在生辰八字之中。命定了，你逃不出去的。

2019 年 8 月 11 日记

小城那吉镇

我出生的那个东北的小镇——那吉镇，尽管很小，尽管根本没有华北地区古城旧城常见的城墙和城壕，但它也确实可以说是个小城。

这里现在是内蒙古自治区呼伦贝尔市属下的一个县级政权的所在地，当时也是这样，但不能叫县城。在内蒙古，相当于县这一级的政区设置，叫“旗”。

内地长大的人，初听“旗”这个名称，或许会觉得怪怪的；我小的时候，则觉得土土的，还觉得自己生长的这个地方，不仅离首都北京太远，而且靠近边境，离蒙古国和“苏修”（指“修正主义”的苏联）又都太近。

长大以后读研究生，学习中国古代历史，约略明白，我家所在的这个“旗”，跟什么“满洲八旗”“八旗子弟”那个“旗”，是具有密切关联的，因而是一种其来有自的社会组织，还和大清的帝室联系到了一起，实际没那么土。再看古文字的“中”字，是写成一个带有旗斿的字形——[illegible]，显示出它是一种特别的旗帜，这更一下子把我家乡那个“旗”同煌煌“中国”联系到了一起。特别是近年清华大学入藏的战国竹书《保训》，里面还有借“中”与还“中”的记载，学者们由具体的旗帜或旗杆出发，进而阐释其微言大义，由旗杆而标杆、表柱，再由标杆、表柱而地中、域中，而中道、中庸，越来越形而上——也就是越来越高大上，这样，现在提起我家乡那个“旗”，竟还有了那么几分自豪的感觉。

但这个“旗”的治所，毕竟只是一个很小的边陲小镇。

像点儿样的街道，只有一条，叫“正街”，当地发音，为“zhèng gāi”。就像把“大街”说成“dà gāi”，这是很容易理解的事情。

这条正街大体上是南北向延伸的。就像关内华北地区常见的县城一样，有这样的南北向大街，就会有一条东西向的横街，与之交叉，作为全城的交通中枢。

我出生时，家的后面，就紧贴着这条横街；更清楚些讲，我家是在这条横街的南面。现在已经记不清这条东西向的街道叫什么名称了，不妨就把它称作“横街”。

那是一排“平房”。

我们那里所说的“平房”，其实是有一个平缓的券顶，屋面没有铺瓦，也没有苫草，只是抹上一层泥。下大雨，尤其是连阴雨的时候，往往屋子就会漏水。这样的屋顶，每年至少要重抹一次泥上去。虽说是租住公家的房子，可我记得，爸爸还是要常常自己抹房顶，这大概是做临时性的修补。爸爸往房顶

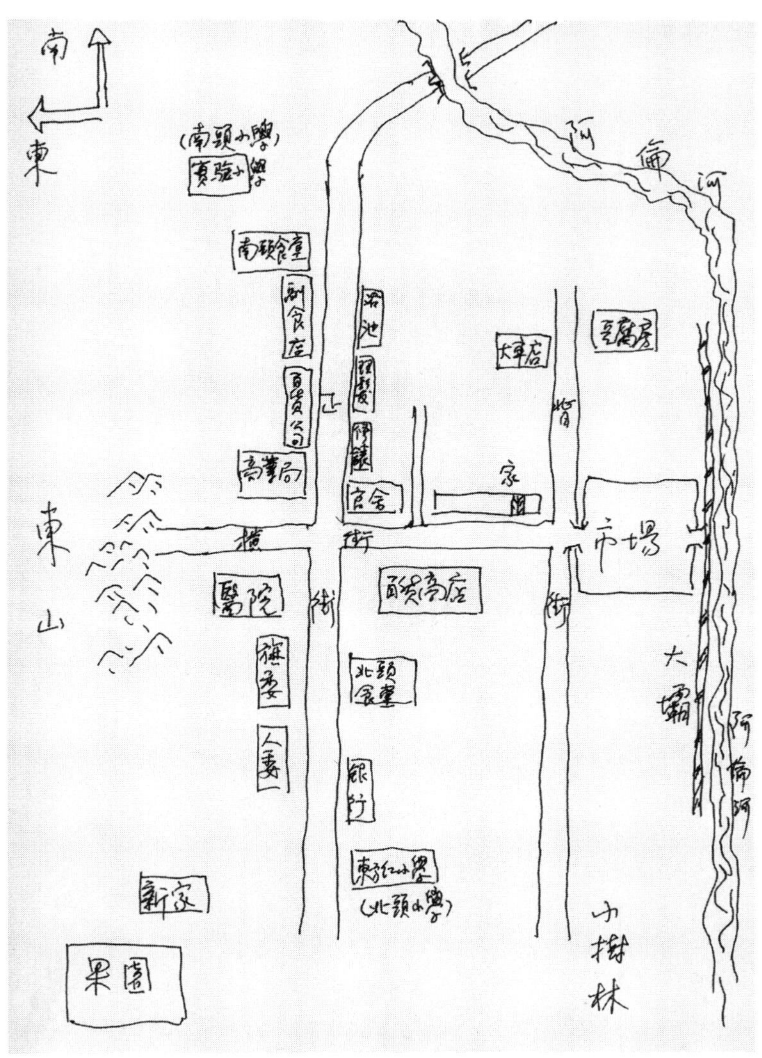
南
東
(南頭小學)
實驗小學
南頭食堂
副食店
百貨公司
新華書店
浴池
理髮店
鐘錶
大車店
豆腐房
家
横街
市場
街
東山
醫院
百貨商店
北頭食堂
銀行
東紅小學
(北頭小學)
新家
果園
小樹林
大壩
阿倫河

记忆中的那吉镇

抹泥的时候，我和哥哥就当小工，打下手。

这是当地商业局职工的宿舍。一排连着的平房，总共好像有八家人，四个房门。每一个房门里面住有两户人家，分住东屋、西屋。中间，是两家互通的厨房。各自做什么饭，是闻得着也看得见的。

我家住东屋，西屋是这一排房子最西边的一家，记得住的是商业局一位姓宋的局长。

不管东屋或是西屋，里面都是一样的布局：南面一铺炕，北面也是一铺炕。南面的叫“南炕”，北面那铺炕，当然就叫“北炕”。

概括起来，东、西屋和南、北炕，这就是我小时候的家。

我、哥哥和弟弟，同奶奶一起，住在南炕，爸爸和妈妈住在北炕。晚上睡觉时，北炕顺着炕沿外缘，展开一道悬挂的布帘，称作“幔子”。

比我家这排宿舍高档一些的政府公租房，是东面隔开一条小街道的“官舍”及其附属设施（比如令我非常羡慕的幼儿园）。“官舍”这个词，大概是源自日语。里面住的，是当地政府最高长官，也就是旗长这个级别的干部。

过了“官舍”再往东，就是那条南北向的正街。正街的东侧，便是爸爸的工作单位——商业局。不过爸爸有一张穿军装的照片，哥哥告诉我，那是爸爸在公安局工作时拍摄的，哥哥还见过爸爸的手枪。大概这段工作时间很短，我从来没听爸爸讲过。

小城最大的商贸中心，就在我家后面那条横街的道北，名称叫“百货商店”，我妈妈在管“百货商店”的“百货公司”工作过挺长一段时间，百货公司好像毗邻商业局，在它的南面。

百货商店的东面，隔着正街，是旗医院；再往北，是“旗委”和“人委”。“旗委”应该是旗党委；“人委”是什么，小时候不懂，现在也不大明白，大概是“旗人民委员会”的略称，指的是新中国成立之初地方各级人民政府。人民共和国，拆分开来，就是各个级别的人民委员会。

这么一说，大家就会明白，那吉镇虽然是一个边陲小镇，可我的家，却位于这个小镇的中心（正街和横街相交叉的那个十字路口）附近，这差不多也是小镇里最繁华的地方。

这个小镇的商贸服务性场所，正街街东，在商业局和百货公司的南侧，还有一家副食品商店，一家“食堂”，也就是饭馆子；正街街西，在百货商店北侧，还另有一家“食堂”。我们把这两家“食堂”分别称作“南头食堂”和“北头食堂”。其他还有修钟表的、理发的、澡堂子等，都在这条正街上，但去“食堂”吃饭的经历，一次也没有。那时，人们通常是没钱下馆子的，小孩子更没那个可能。但我有时会跟着哥哥去食堂里“捡瓶子”，就是站在“食堂”里看人吃饭，等酒瓶喝空后，捡下来卖钱。记得普通白酒瓶子便宜，只能卖两三分钱；啤酒瓶子贵，五分一个。

同样的命名方式，还见于小学。正街街东快接近小镇南缘的地方，是“南头小学”；正街街西，靠近小镇北缘的地方，是“北头小学”。

“南头小学”正式的名称叫“实验小学”，我就是在这里发蒙的。高年级的教室很高级，有走廊，教室和走廊之间有很明亮的窗子，镶的是整块的大玻璃。在学校附近，好像有新华书店。

“北头小学”最初的名称是什么，我不太清楚，但后来我家搬到小镇的北部，转入这所小学时，它用的是一个很革命的校名——东方红小学。这应该是我四年级的时候，我在这里读到小学最后一年，也就是五年级的前半段。

横街向东穿过正街以后，没多远，就到“东山”了。这山虽然很低矮，可山脚下就是小镇的边缘。几乎是正冲着横街，在山顶上建有一个“防火楼”——其实只是一个高大的木架子，它的功用，是风力一大（也许只是在春季等特定时节），就挂出一面旗帜，叫“防火旗”，用以警告居民，不能烧火做饭。

我家当然是在正街以西。横街向西穿过正街以后，就走到了我家的房后。过了我家这排房子，再向西，就要通过这个小镇的另一条主要街道——南北向的“背街”（当然也要读作bèi gāi）。过了背街，正对着横街，就是当地“利伯维尔场”的东门。

所谓“利伯维尔场”，主要供附近农民来卖菜卖瓜卖水果，卖肉卖鱼卖鸡蛋，当然也有生猪活禽，其中比较有地方特色的，是野鸡野鸭子。摊位，就分布在横穿市场的横街南北两侧；有的，就是老乡赶来的大车。稍离开横街一点儿，在摊位的后边，是有建筑的固定铺面及其库房，这一般应该是附近农村生产队的，属于“集体”财产。

我说自己家住在小镇最繁华的地方，除了背靠那个著名的百货商店，还有紧邻这处“利伯维尔场”。由于独此一家，别无分店，我们把它简称为“市场”。

过了市场再往西，就到了河边。这是一条小河，叫阿伦河，它是松花江右岸支流嫩江右岸的一条支流。所以，当听到《我的家在东北松花江上》那首歌的时候，是有特殊情感的。

因为紧邻着小镇中心，在这一河段的东岸，是有河堤的，当地称之为“大坝”。这是小镇西缘的标志。

我经常上了大坝往北走，那边住着家里一个亲戚，男主人姓万，我叫大姑父。老万家大姑、大姑父有几个比我大得多的哥哥，女孩儿则比我小。在我的记忆里，万家大哥身高体壮，胆子也大，很能做事儿；二哥则心灵手巧，长得也很英俊。

在背街上，有几处重要的设置。

一处是豆腐房，是做豆腐的。我稍有力气能干动活儿的时候，就常常在早晨去那里“挑豆浆”。就是把人家做豆腐剩余的废水，舀到水桶里去，再挑回家中，用它来喂猪。

另外还有一处“大车店”。它有点儿像美利坚合众国的汽车旅馆，不过住店的人没汽车，而是赶着或骡子或马拉的“大车”入住的。东北大车店的铺位，通常都是一铺很长的大炕。想想一大群马车夫在炕上喝酒抽烟还连带着“耍钱”（也就是赌博）的情景，那是很有“关东风”的。

大车店吸引我和小伙伴的不是这样的风景，而是喂马的“豆饼”。“豆饼”是一块直径一米上下的大饼，厚度在三五厘米。它是由榨油过后的黄豆渣（东北土话，把大豆称作黄豆）压制而成，金灿灿、黄澄澄的。喂马，要有草有料，在东北，这“料”指的主要就是豆饼。

马料用豆饼，看重的是它的蛋白质，这和我家喂猪“挑豆浆”，是同样的道理。这蛋白质对人也很重要，肚子里油水太少，所以，小伙伴们就经常去偷吃豆饼。豆饼压制得很紧密，拿削铅笔的小刀，刮下来一点儿很不容易，但确实很香。小伙伴们还互相告诫：千万别多吃，吃多了胀肚，会出事儿的。其实偷偷摸摸的事儿，哪有机会能多吃两口。

豆腐房和大车店都在我家的南边，当然也是在横街的南侧。这条背街越过横街之后向北走，我印象当中，没什么特别的设置。最北边儿，是一片小树林，阴森森的。到这儿，就算出城了。

正街的南端，离我上的小学——实验小学不是很远。记得离开小镇的正街之后，外出的公路，是斜向西南，穿过阿伦河，逐渐远去的。

在正街的北侧，也就是横街以北，路西，离开十字路口有一段距离，是银行。因为爸爸后来去银行当了行长，我对这个地方印象就深一些。正街的北端，出了小镇之后，其东有很大一片果园。

哥哥从小就胆子大，常和同伙去那里偷沙果。在我再三恳求下，带我去了一次。结果很不妙，我们通过自己带去的“跳板”（一块长条木板）通过环绕果园的壕沟，刚进到里面，看果园的人就带着老洋炮（鸟铳式的火枪）冲了过来，而我由于动作笨拙又胆小，吓得直哆嗦，在逃跑时竟掉到了壕沟里。不仅把我弄出来很费事，更让哥哥觉得很没面子，就再也不带我去做这种冒险的事儿了。

大概是在我小学四年级的时候，爸爸在这片果园的南面，盖了新房子。我家就搬到了这里。买料，雇人，自己也动手做了很多辅助性的活儿。

这是一种东北常见的三间房，东、西屋，都是自己一家的了。还有，这房子是起脊的“草房”，也就是用苫草覆盖屋顶的房子。虽然有一小段石头的地基和砖砌的窗台，但墙都是土坯的。

房前屋后还有两大片菜地（原来住的房子也有菜地，但很小）。地太大，能种的菜都种了（连西瓜、香瓜都有），多得菜吃不了，就又种了很多土豆，很多苞米（玉米），很多沙果树，还有很多中药材，生地、大黄什么的。菜地周围有“障子”（类似所谓篱笆墙）环绕。障子是用柞木杆做的，一遇连雨天，一圈障子上长出的木耳，可以让全家吃两顿。想想就明白这菜地有多大了。

这时，哥哥已经过继给姨母，去了哈尔滨。种地的活儿，就是爸爸和我干。种菜是比种大地费事的，而且我在小学就下乡干过农活。因为这番经历，长大后我一直觉得，一个农夫做的农活，不一定比我小时候干的活计更辛苦多少。

这就是我记忆中的小城那吉镇。在小学五年级离开这个小镇之后，我一次也没有回去过。

2020年1月20日记

拒绝组织发药

——历史所往事之一

我在中国社会科学院历史研究所的时候，经历过的一件历史大事，是“非典”。

“非典”突起，满城一派肃杀的气氛。由于公务在身，我却还时不时地满城奔走。平日里拥堵不堪的京师马路，变得豁然开朗，不管打个车，还是乘坐所里的公交车，一路畅行竟会让你有种通身畅快的感觉。

那时，自己正当壮年，世事经历得少，心里还有那么一种邪不压正的信念，确实也没拿这病太当回事儿。觉得科学对待，尽量控制染病途径就是了。车，不得不坐，就开着车窗通风透气地跑；人，不得不见，就尽量隔开一定距离和他说话。主要的防护措施，不过是坚持戴口罩，遮住鼻子和嘴；记住勤洗手，冲掉那些腌腌臜臜的东西。

我这样想，别人却并不都这样看。大千世界，人各有别，怎么对待，怎么处理，只要不影响他人，那都只是你自家的事儿。可当官的要是多起事儿来，情况就不是那么简单了。

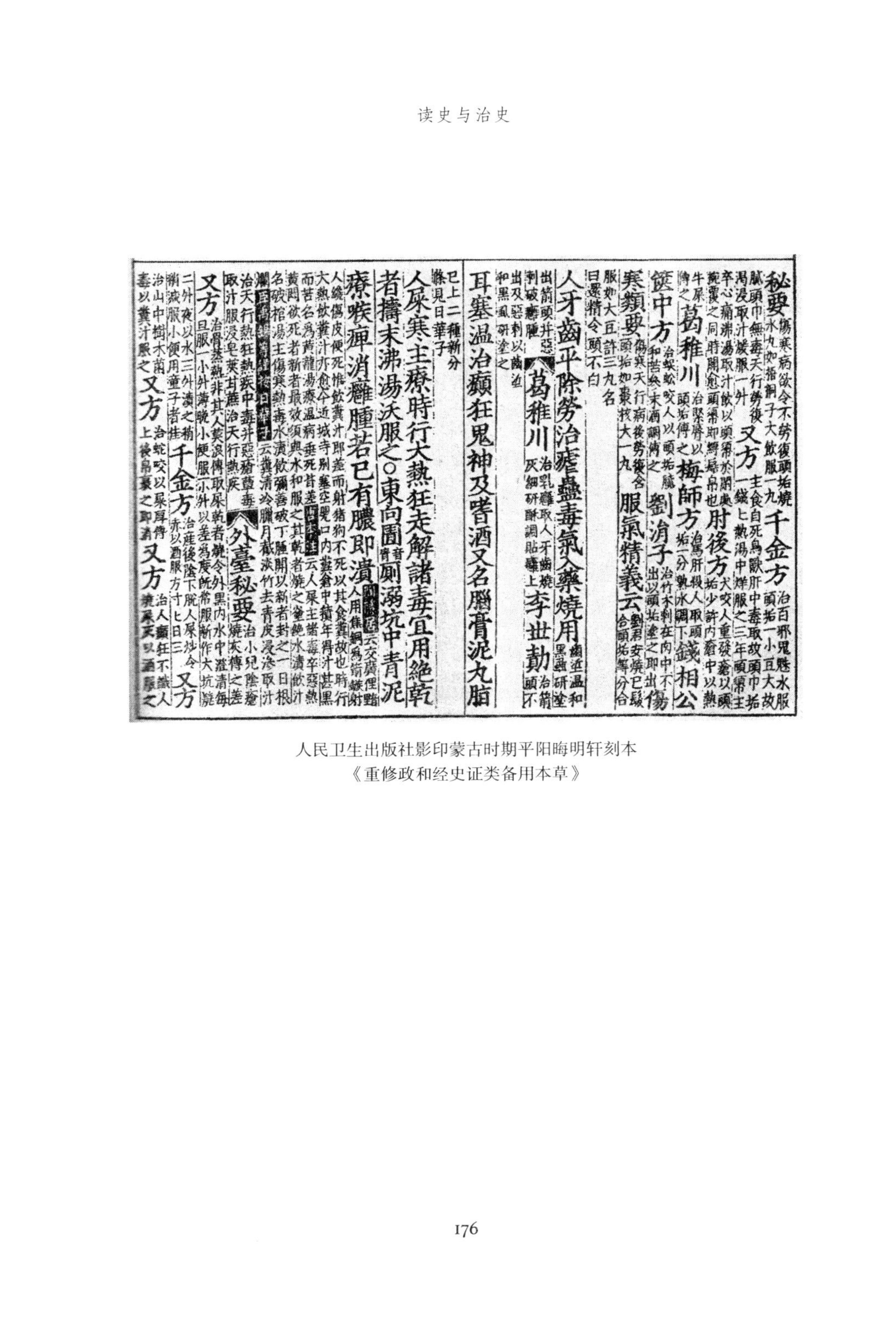

人民卫生出版社影印蒙古时期平阳晦明轩刻本
《重修政和经史证类备用本草》

時衣埋地下七八年化爲水清澄如真水南方人以
甘草升麻和諸藥物盛埋之三五年後撥去取爲藥
主天行熱病立效〔〕梅師方治草蠱其狀入咽刺痛欲死者取胞衣一具切曝乾爲末
熟水調一錢匕最療蛇蠱蜣蜋草毒等
婦人裩襠主陰易病當陰上割取燒末服方寸匕童女裩
益佳若女患陰易即須男子裩也陰易病者人患時
行病起後合陰陽便即相著甚於本病其候小便赤
澁寒熱甚者是服此便通利不爾灸陰二七壯又婦
人裩主胞衣不出覆井口立下取本婦人者即佳
人膽主鬼氣尸疰伏連
男子陰毛主蛇咬口含二十條嚥其汁蛇毒不入腹内
死人枕及蓆患疣拭之二七遍令爛去疣昔有嫗人
患滯冷積年不差徐嗣伯爲診曰此尸疰也當以死人枕
煮服之乃愈於是往古塚中取枕枕已一邊腐缺嫗
服之即差張景年十五歲患腹脹面黃衆藥不能治
以問徐嗣伯嗣伯曰此石蚘耳極難療當取死人枕
煮服之得大蚘虫頭堅如石者五六升病即差沈僧
翼患眼痛又多見鬼物嗣伯曰邪氣入肝可覓死人
枕煮服之竟可埋枕於故處如其言又愈王晏問曰
三病不同皆用死人枕而俱差何也荅曰尸疰者鬼
氣也伏而未起故令人沈滯得死人枕治之魂氣飛
越不復附體故尸疰自差石蚘者醫療既癖蚘虫轉堅

人民卫生出版社影印蒙古时期平阳晦明轩刻本
《重修政和经史证类备用本草》

一天，上班开办公会。党委书记郑重其事地提出，院部正在组织给职工发放预防“非典”的“中药”，说历史所也要安排个分发的办法。所谓“中药”，实际上是社科院里根据某种药方自行熬制的药汤。

有句俗话，说性格就是命运，可性格往往都是遗传的。

我爸爸做事儿一向认死理儿，遗传给我的，也是这个秉性。

当然我早就知道，这个世界，是绝对不讲理的，可江山易改，禀性难移，管你讲不讲理，我还是要讲。认死理儿的结果，虽然十之八九都是自找苦吃，但通常不会给他人、给社会造成什么灾祸。

记得小时候，爸爸工作的单位，有一批炸药，要从郊外伪满洲国时期的碉堡搬移到城里的仓库来。党委开会的时候，只有爸爸一个人，坚决地投了反对票。理由是很不安全，万一有个三长两短，后果不堪设想。结果是没过两年，果然发生了一场惨烈的大爆炸。

这件事，对我后来的行为举止，造成了深刻的影响。一个人做事，是要承担责任的。

现在，办公会上讨论的问题，在我看来，同样是人命关天的大事儿，没有回避的余地。

这位书记提出他的主张之后，所长随即连连点头称是，表示要马上部署，立即施行。

我当即明确表示反对。

我说，给人开药，是医生独有的权利，他人谁都没有这个权利，更没有这份职责。祖传的老话，叫“是药三分毒”，说中药没有副作用，纯属数典忘祖；况且给人开药，要讲究因人而异，对症下药，即使是灵丹妙药，也不会对谁都一样适用。由于每个人先天的体质不同，后天的身体健康状况更不相同，如果不分青红皂白地一样胡乱吃，对于某些特定的人来说，每一种药，都可能造成极其严重的后果。这个责任，我们这几个人谁都承担不了。

我这么一说，书记和所长也就不再坚持了。结果，历史所就没有给员工分发所谓“中药”汤。

2020 年 2 月 1 日记

《司马迁的故事》后语

商务印书馆重新出版业师黄永年先生的旧作《司马迁的故事》，嘱咐我写几句话，附在后面，帮助读者了解和阅读这部著作。

这本书篇幅短小，内容精练，很适合初学文史知识的朋友阅读。它的原版，是在 1955 年出版的，当时署名“阳湖”。

由于先师从未提起过这部著作，我对此书，原本是一无所知的。前些年曹旅宁学长买了一册送给我，我才看到。后来读曹旅宁学长的《黄永年先生编年事辑》，更进一步了解到，从 1952 年至 1956 年，短短五年时间，包括这部《司马迁的故事》在内，竟连续出版了十六种通俗历史读物。汉唐明清，科技绘画，涉及范围甚广。要不是时事突变，照这个势头发展下去，应当还会写出更多这样的普及性著述。

黄永年先生撰著这一类历史著作，有两大优势。一是文笔畅达，通俗易晓。读其文，犹如面对面听其娓娓道来，既不枯燥，也不艰涩。二是不管写什么具体问题，都能够从通贯的

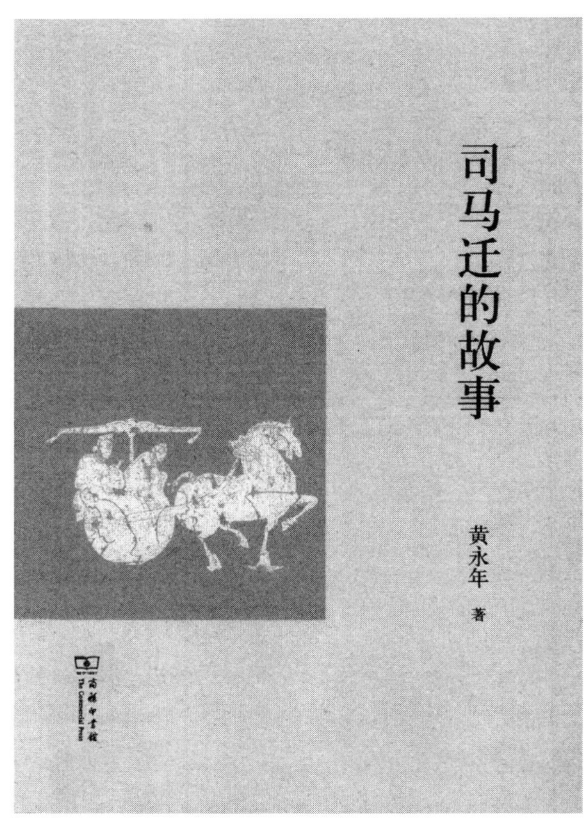

商务印书馆重印《司马迁的故事》封面

历史大背景入手，因为通贯，也就能写得透彻。当时先师的年龄，是在二十八岁至三十二岁之间，对于一般人来说，当然还很嫩，是难以具备如此通贯的历史知识的。这就是先生的过人之处，才华过人，曾经付出的努力也是过人一等的，书读的确实多。

按照旧时的传统，有志研治文史的学者，首先要读好《史记》和《汉书》。作为一种基础的修养，同样需要如此。黄永年先生当然也是这样。明白这一点，现在的普通读者，就不会因为后来先师并没有过多从事秦汉史方面的专题研究而对先生写《司马迁的故事》这本书感到奇怪了。

认真治学的人都会知道，写好通俗读物是很难的，把通俗的书写得这么简洁当然更难。它要求作者在广博的知识基础上准确清晰地表述出关键的见解，也就是要能够得其要领。黄永年先生这本书在这方面所获取的成功，曹旅宁学长在《黄永年先生编年事辑》一书中引述的一段《顾颉刚日记》，可以作为很好的说明："《司马迁的故事》一小册，疑黄永年君所书也（德勇案：因为是用笔名出版的）。甚好。"读过顾颉刚先生《秦汉的方士与儒生》的朋友，都明白顾颉刚先生是多么善于以简洁的笔触来叙述复杂的史事，因而也就能够明白，这"甚好"二字的评价，是这位大师对一个年轻后辈和他这部著述很高的褒赏。

尽管黄永年先生后来没有集中研究过秦汉史和《史记》的问题，但在撰写《司马迁的故事》这本书之前，不仅花费很大力气研读过《史记》和《汉书》，而且还对《史记》记载的史事做过一些颇有深度的考辨。在已发表的研治《史记》的读书札记当中，《李斯上书谏逐客事考辨》一文，是很有代表性的。李斯谏逐客令，是秦朝历史上的重大事件，在一定程度上也可以说是决定中国历史走向的一个重大事件，而对其发生年代，在《史记》的《秦始皇本纪》和《李斯列传》中有两种不同的记载，前后相差九年。永年师这篇文章，对错综复杂的史事，逐一剖析，指出应以《秦始皇本纪》的记载为是，并且指出其历史缘由，乃是“其时（吕）不韦免相就国，始皇欲尽逐其客，以翦其羽翼。李斯为不韦之亲任者，自‘亦在逐中’；故为自身及不韦计，上书谏止”。这一事件的真相，清儒早有疑惑，唯赖永年师此文始得以辨明。这篇文章发表在1947年，当时先生只有二十三岁。其精彩之处，不仅在于结论的精辟，还体现在论证过程和论证方法的纯正。在这篇文章的结尾，先生把笔锋向外一推，述云：“今读《史记》，常觉其叙战国秦时事，于本纪有博士所传《秦纪》以为本，于列传则多采杂说而成之。故本纪可信之程度，恒远驾列传之上。观此李斯上书谏逐客事而益信。”由历史文献的通例出发来甄辨史事，又根据论证的结果来验证通例之合理性和适用性，这样的话，若非谙熟于史书以及史事考辨者断不能言，也正体现出当时黄永年先生对《史记》和秦汉史事都已相当熟悉，考辨史事的方法也已相当老到纯熟。

这样的基础，就是黄永年先生写好这本通俗性读物的学术保障。

我们都知道，司马迁在历史上的影响，主要在于他所撰著的《史记》；同时，司马迁的人生经历，也主要体现在《史记》一书当中。正因为如此，黄永年先生对司马迁故事的叙述，是紧密结合《史记》的纪事而展开的，而我们这些读者，在关注司马迁个人遭遇的同时，自然也很关心司马迁是怎样撰写《史记》的，很多人甚至还会更多地关注这一点。

一部史书是不是能够取信于人，很重要的一点，是书中的纪事，是不是具有可靠的依据。我们今天阅读《史记》，自然也会首先关注这一问题。

黄永年先生在依据《史记》相关记载来展现司马迁生命历程的叙述中，逐一阐释了他撰著《史记》的几项主要依据。

譬如，《史记》是一部跨越很多时代的“通史”，从五帝时代所谓“黄帝”写起，一直写到他自己生活的汉武帝时期，载述的年代，跨越很大。早期的记载，主要是如何择取可信史料的问题，但有一些司马迁生前的史事，《史记》的文字明显是以亲历者的口吻写出来的；还有一些这样的史事，在已知的史书中，我们也很难想象究竟有什么著述会留下相当细腻的记载以供司马迁采择。在本书第二章《世传的历史家》中，黄永年先生告诉读者，《史记》中这一类记载，很多是来自其父司马谈的讲授，譬如荆轲刺秦王的故事，就是如此。了解这一情况，对我们正确认识《史记》中这一类纪事与合理利用其价值，是具有重要意义的。

《史记》中另外还有一些纪事，是司马迁根据自己的见闻，直接写入书中的。关于这一点，黄永年先生也在记述司马迁的生活经历时，给予了特别的关注和说明，譬如汉武帝时著名的江湖大侠郭解，就是这样被他写入《游侠列传》的。

了解到这条耳听口传的渠道，还可以帮助我们理解，《史记》记载的那些看似无人可知的深宫密谋，实际上都完全有可能通过这样的渠道流播于当时，并传布于后世，从而不必再无端怀疑这些记载的可靠性。

司马迁的个人经历对《史记》撰著影响很大的另一项内容，是他在全国各地的游历。这种游历，当然使他有机会直接接触众多故老，采访到更多用来撰著《史记》的素材，但除此之外，对他撰著《史记》，还有一项特别重要的作用，这就是充分而又具体地认识历史事件发生的“舞台”。《史记》记载了古往今来许多重大历史活动，这些历史活动，都是在特定的空间场景下展开的，而这些空间场景，就犹如戏剧演出的舞台。对这个“舞台”认识得越清楚，就能越好地认识发生在它上面的历史活动。在《司马迁的故事》中，黄永年先生专门设置“全国大游历”一章，举述很生动的事例，讲述了司马迁的游历与其撰著《史记》的关系，指出：“全国地理环境的初步熟悉，是他这次大游历的另一收获。从古代到秦汉之际的大小战役，数以千计的战场的复杂变化，如果没有一个了如指掌的形势放在胸中，那是无从加以捉摸、叙述的。”细心体味黄永年先生向我们讲述的司马迁的游历过程，读者可以更好地理解

《史记》的记述，看到那些沁入字里行间的地理背景。

《司马迁的故事》这本书在叙述形式上的一个重要特点，是在举述各种类型的例证时，直接引录了较长篇幅的《史记》原文。这一点，现在许多年轻朋友，骤然看去，可能会觉得很是扎眼；或者更准确地说，是颇显碍眼的。

读者们形成这种感觉的客观原因，是很多年来，中国大陆的历史教育，具有两项比较明显的缺陷。一是施教的内容，往往是把研究的结论与得出结论的材料混同为一事，这样便使得很多人没有接触原始材料的兴趣，甚至根本就没有这样的意识。二是向社会传授历史知识的人更强调用怎样不同于常人的视角来看待历史，用什么新奇的方法来研究历史，而忽略原始文献记载的重要性，轻视对基本史籍的阅读和思考。

若是能够摆脱这种教育蒙蔽，读者们便不难发现，人们通过一些基础性的通俗读物来接近历史，学习历史，目的无外乎是提高个人的修养，丰富内在的人文知识，当然有一小部分人将来或许还会走入专门的研究领域，成为专业的文史学者。这样，有了入门的初步知识之后，就应该更进一步，直接阅读一些古代的基本典籍，而在中国古代的所谓基本典籍当中，《史记》当然名列前茅，是不能不读的经典。

直接阅读《史记》原文，在黄永年先生写《司马迁的故事》那个年代，对于有志向提高自己文化修养的人，本来是稍加努力，就不难做到的事情。可是，后来推行简化字，导致当今绝大多数普通读者，要想阅读像《史记》这样的古代典籍，不得不先要迈过一道认识正体字（也就是俗语所说的“繁体字”）的门槛。

对于从小看惯了简化字的年轻朋友来说，正体字乍看起来虽然有些发蒙，但只要你是真心喜欢读书，这绝对不会成为什么严重的障碍。静下心来读下去，很快就能够大体读懂，实际上并不像你初看时所感觉到的那样困难。关键看你是不是一个真的喜欢读书、真的喜欢求知的人。

启蒙书之所以重要，是因为那些真心喜欢读书的人对书籍、对阅读的喜爱，是出自与生俱来的天性，这些人就是老辈所说的“读书种子”，而再好的种子，也需要有一个适宜的环境才能发芽，才能扎根成长。黄永年先生在《司马迁的故事》这本书中引录的这些《史记》原文，与全书的叙述，浑然一体，就像一部导游手册中恰到好处地插入的标志性图片，除了让读者直接领略历史风貌的精彩之处外，更会激起他们阅读更多《史记》原文的欲望。《司马迁的故事》在写作形式上的这一特点，使它成为诱导读者走入《史记》的一扇美丽的窗，这是现代学者写的同类通俗历史读物所不具备的一项重要特色，也是它的一项突出优点。

稍微了解一点儿当代中国文化史和出版事业的人都知道，在写作和出版《司马迁的故事》的那个年代，特有的政治标签和话语，是不可或缺的；对于一部青少年读物的要求，当然会愈加严格。这一点，希望青少年朋友能够明白，更希望青少年朋友能够透过这本书里面的这样一些叙述，认识当代中国曾经走过的那一段艰难历程。理解这一点，或许稍微有些困难，但多读一些书，并多动脑筋思考，大家就会明白究竟是怎么一回事儿，并且知道应该怎样让我们的社会变得更加美好了。

2018 年 9 月 3 日记

世间不二人

郭声波兄编著的《〈史记〉地名族名词典》出版在即，嘱咐我给读者写几句开篇的话，供大家参考。

声波是我嫡亲的师兄。大学毕业后，我与大师兄费省和二师兄声波一道，在陕西师范大学跟史念海先生读历史地理学硕士学位，一转眼，四十多年过去了。当年我们师兄弟三人不仅一同读书，也住在同一间宿舍，朝夕相伴，相知至深。

在宿舍里闲谈时，声波兄告诉我，大学本科，听老师讲课无聊时，他常翻看地图消磨时间。他喜欢看地图，更擅长记地名。全国随便哪一个县，他都能一一指明其所在的位置和毗邻的县市名称。在很多省份内经济比较发达的地区，声波兄甚至能够指认乡一级的地名。在我们历史地理这个小圈子里，当时能够做到这一点的，据说只有复旦大学的老前辈谭其骧先生；再往后，因已退出学术圈多年，还有没有人具备这么神奇的本领，我就不知道了。

不了解我们这个学科的人，往往会误以为研究历史地理就是记地名。实际情况，并不是这样。但能够记住地名，自然会对做好研究提供相当重要的基础和极为便利的条件。只可惜大多数人远远达不到声波兄这样的程度，像我就连其万分、千分之一也达不到，几乎完全要靠相关工具书来工作，真是相形见绌，无地自容。

注释古籍的地名，当然是我们这些历史地理学从业人员分内的一项工作，但要想做好这项工作，最好首先熟悉各地现代的地名，这样才能更好地上溯其自古以来的沿革。从这一意义上讲，现在由声波兄来编著《史记》的地名词典，可以说是别无二人的最佳人选。

从更深一层学术研究的意义上看，熟知现代地名，当然只是注释历史地名的一项基本的有利条件。古代的地名及其变化同政区建置沿革息息相关，这二者往往呈一体两面的状态。若是对中国历代的地理沿革没有相应的了解并具备相应的考辨能力和坚韧的耐力，你就是人脑变成计算机，记住所有大大小小的现代地名，面对古人活动所涉及的林林总总各类地理称谓还是束手无策，而声波兄恰恰是历史地理学术圈子里研究政区沿革和地名考据的高手，多少年来，乐此不疲，所出版的这方面的代表性著作，有《中国行政区划通史》的唐代卷。这部书上、下两巨册的全部内容，涉及复杂纷繁的政区变迁，从头到尾，都由他一个人动手完成。从中可见，他对政区、地名这些内容真是驾轻就熟，从而能够简要得当地梳理清楚、表述明白这些内容，对政区、地名的考据功力，展现得一清二楚，实在令人叹服。

编著这样的《〈史记〉地名族名词典》，其中一项重要的内容，是要注明《史记》中所提到的西汉中期以前的地名是现在的哪一个地方。那么，我们这一行的人怎么做这样的工作呢？在《史记》的地名与现代地名之间，有一个关键的过渡性环节，是清朝乾嘉时期修撰的《大清一统志》。《大清一统志》对清代以前历朝历代政区建置和各个时期地名的考据成果，是空前的；就其总体状况而言，迄今为止，也可以说是绝后的。因此，不管是谁，要想在传统的沿革地理范畴之内从事一些较大规模的研究，无不要以《大清一统志》作为基本的出发点。清朝末年杨守敬编绘《历代舆地图》是这样，当代学者谭其骧先生主持编绘《中国历史地图集》也是这样。

《大清一统志》虽然为人们研究沿革地理和历史地名问题提供了一个非常重要的基础，但并不是随便什么人凭借这一基础就都能做出世人所期望的成果来。一方面，《大清一统志》是很专门的著述，需要具备专业的基础才能读得懂、用得来；另一方面，《大清一统志》还有很多缺陷和不足，需要具备较高的地理考据能力，才能用其之长而避免踵讹袭谬，即免得把错误的观点带给读者，并补充其间的薄弱环节。

当年杨守敬在沿革地理方面做出的精深的专题研究，有《汉书地理志补校》《三国郡县表补正》和《隋书地理志考证》等；谭其骧先生也很早就写有《秦郡新考》《秦郡界址考》和《新莽职方考》等沿革地理研究的力作。正是这样既专且精的研究能力，保证了他们能够得心应手地利用《大清一统志》等书既有的成果，做出像《历代舆地图》和《中国历史地图集》这样的划时代著述。

这其中的道理，并不复杂，研究的方法，也没有什么神奇的地方，就是比较分析不同的史料而已。说透了，不过是一种匠人的功夫活儿。那些一门心思想往大师队列里挤的学术研究从业人员，说起来难免不屑。但我们做历史地理研究，绝大多数工作恐怕都属于这样的性质，我们并没有觉得比做别的研究低下。匠人做活儿有个很大的特点，就是不能光说不练。不上手，没有切实的体验，你就不可能修炼成器。杨守敬和谭其骧先生能够分别编绘出《历代舆地图》和《中国历史地图集》，其中一项很重要的基础条件，就是他们练过手，而且都已经练成了这个行道里的顶级高手。

声波兄能够编著这部《〈史记〉地名族名词典》，缘由也是这样：他有系统研究唐代政区沿革所积累的经验做保障，他早已是国内外少有的研究政区沿革和地名变迁的优秀学者，所以才能处理好《史记》这部通史中那些由黄帝等五帝时代直至西汉武帝时期的大量地名，特别是在这当中还包括众多源自早期经典的地名，其复杂性和艰巨性都可想而知。

若是我们了解前人注释《史记》地名的基本状况，就会很容易理解，声波兄特别熟悉唐代的政区沿革和地名变迁这一点，对他撰著这部《〈史记〉地名族名词典》还有更为直接的帮助。

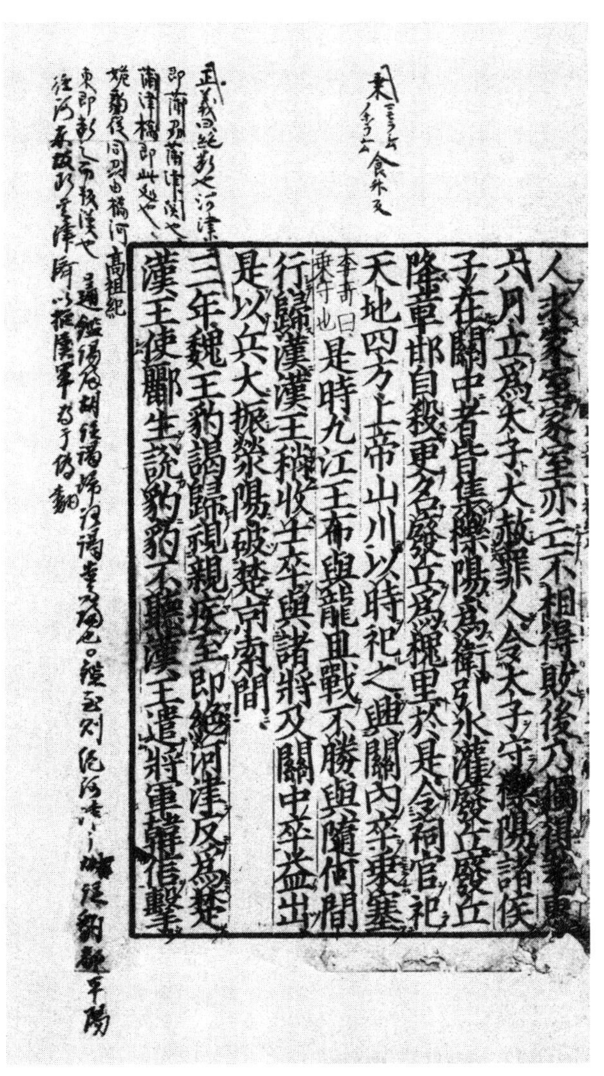

日本汲古书院影印日本国立历史民俗博物馆
藏南化本黄善夫合刻三家注本《史记》

前人对《史记》所做的注释，最为系统也最为重要的，就是所谓“三家注”，即南朝刘宋裴骃的《史记集解》、唐人司马贞的《史记索隐》和唐人张守节的《史记正义》。在这三家旧注当中，《史记集解》在列举文字异同之外的注解，都比较简单，对地理、地名的注释更少。《史记索隐》和《史记正义》对地理、地名的注释，较诸《集解》已大幅度增加，尤以《正义》更显详明。尽管《史记正义》的内容早已多有阙佚，但仍然是我们今天解析《史记》地名的一项重要凭借。司马贞和张守节都是开元年间人，他们给《史记》作注，是想让当时人读懂读好《史记》，所以自然要以唐代的地名来注解《史记》的地理。

了解这一点，大家也就很容易明白，注释好《史记》地名的一项重要基础，就是清楚掌握唐代的政区建置和地名，了解这些建置和地名在今天的情况，才能准确地说明《史记》的地名是在今天的哪一个地点上。这样，大家也就会相信我在前面讲过的话，在今天的世界上，声波兄确实是编著这部《史记》地名词典的不二人选。

2019年7月1日记

慧眼看东洋

枕书的《岁华一枝》付印在即，让我写几句话，一并印行，这让我很是惶恐。因为不管是相关的知识，还是文采，我写的东西，都不能与之相副。不过很长一段时间以来，我读枕书的文章，看枕书读书、求学、做事，既羡慕她的文字，又敬佩她的学养，特别是十分认同她看人、看世界的眼光和态度，所以也就勉为其难，随便谈谈自己的一些想法。

旅日求学多年，枕书写了很多在日本的生活，写出了自己身在异乡的认知、体味和感悟，这部集子里面收录的文章，也是这样。与以往那些居日文稿稍许有些不同的是，这部集子讲读书，直接讲书籍史的内容更多了一些，笔调也更厚重一些。学术的气息，扑面而来；学识的深度和厚度，也都展卷可知。尽管如此，看枕书的文笔，仍感觉她是在捧着一盏香茗，向读者娓娓道来，轻柔而又温婉，绝不会像我写东西那样横眉竖目，剑拔弩张。

文如其人，更如其心。枕书看中国的眼光，是这样；看

2018年第四十二届知恩寺秋之古本祭（摄影：丁小猫）

秋之古本祭，我的第十年　267

《岁华一枝》内页

日本，也是这样；看人看世界，都是这样。同样那么柔和而善良，同样那么敏感，体察入微。

在这个狭小的世界上，我们每一个人，不管喜欢不喜欢，愿意不愿意，总是生长在一个特定的国度里。这是没办法的事儿。当一个人离开自己出生和少时生活的地方来到另一块国土，感受、观察并且再以自己故乡通用的文字来写录、抒发些什么的时候，你就不由自主地成为一个中间人，是在把一方的文化，传递给另一方。我读枕书这些年写的一本本书，感觉最强的，就是这一点。

同处于东亚的中、日两国，文化交流，历史绵长，相互之间有着积极而又深重的影响。但由于种种原因，很长一段时间以来，两国民众彼此之间的认知，出现了很严重的隔膜，甚至日渐疏远，这对亚洲乃至世界的和平与繁荣都是严重的障碍，并潜藏着巨大的危险。在这种情况下，知识界、文化界有责任努力扩大双方的沟通，增进相互理解，而就目前的实际情况来看，中国大陆的学人，在这方面显然应该做出更多的努力。

从总体上来说，中国对日本了解的匮乏，认识的粗疏，从近代以来蜂拥而起成批赴日留学时起，一直就是这个样子。在这当中，不是没有人能够以一种平静的心态来悉心观察日本，理解日本，甚至有一些人深深地爱上了日本和日本文化，但由于当时世界范围内的殖民主义背景，特别是接下来的日军侵华，一些复杂的历史和文化因素，使得中国民众对日本和日本文化的认识进程，变得多梗多阻，蹇踬不前，其间羼入诸多其他的因素。

不管从政治和文化上怎样看待日本，近代以来经济大幅度落后于日本的实际情况，实际上使得很多中国人对日本的富庶，是艳羡满满的，是仰而视之的。通观前前后后的发展和变化，不能不说，这种心态，带有诸多粗鄙庸俗的“势利”色彩。眼孔直对着钱孔，自与认识日本，了解日本，毫无干系。

近二十多年来，随着中国经济困窘状况的改善，伴随着中国快速走向世界的步伐，本来应该静下心来，好好看看包括日本在内的整个世界，积极地感受和吸收异国文化，可令人遗憾的是，实际情形，恰好相反，对日本尤甚。

稍微了解一点儿中国古代历史的人都知道，所谓中华文化，就是在不断吸收外来文化乃至融合外来人种的过程中逐渐成长起来的。与近代以来世界主流国家在工业文明主导下的历史性进步相比，中国的落伍，警醒人们必须深刻反思其民族性和本土文化的缺失与弊病。可对于中国这个古老的国度来说，时至今日，所谓睁眼看世界，还不过是睁一眼闭一眼而已；更不用说，世界真奇妙，内涵丰且饶，即使是瞪大双眼，也还需要一个漫长、细致的过程，需要日积月累，一点一滴地去品味，去体验，才能更好地从异国文化中吸收有益的营养，滋润自己，疗养自己，让身心不再那么贫乏，减少一些病态。

日本自古以来不断出现的飞跃式发展，不是偶然的，与这个民族的文化息息相关。其间缘由，引人深思。日本文化本身的丰富性和精致性，使得我们看待日本，不仅需要睁开双眼，还需要有一双慧眼，才能如佛家所说，无见无不见，看到一个真实的日本。

枕书笔下的日本风土人情，包括她谈学术文化，总是那么轻缓，那么娴雅。这首先是由于她对日本的感受是细腻的、透彻的，是自然而然地沁入肌肤的，因而能透过一些看似零散、细琐的片段在不经意间传递出日本文化微妙的神髓。她没有告诉读者什么特别的理念，只是轻声细语地讲述了对日本的美好感受。读枕书这些文稿，就像在跟着她的慧眼看东洋。

2019 年 3 月 23 日

三晋兵事

李广洁先生《金戈铁马——与山西有关的著名战役》一书出版在即，嘱咐我写上几句话，说说阅读书稿后的感想。

回想起我和广洁先生的相识相知，已是三十多年前的事情了。时光，真的就像白驹过隙，一转眼，就这么过去了。当广洁先生把这部书稿拿给我看时，我当然很高兴，愿意借此机会，写下自己一些相关的想法。这会为我们的友谊，留下一份公开、正式的文字纪念。

人类的过往，总的来说，留下来的是一部血腥的历史，中华民族的历程也是这样，绝不像这块国土上某些狭隘民族主义者所宣扬的那样满眼都是和平安宁的景象。在这历史的血腥当中，战争占有很大成分。《左传》里“国之大事，在祀与戎”的话，就很好地体现了战争在古代政治生活中的核心地位。《左传》很生动、细致地记录和描写了很多战争的场面；太史公写《史记》，同样如此。至司马温公编著的编年体历史巨著《资治通鉴》，连文化史和经济史上的重要事件大多都被略去不提，可还是详细载录了诸多战事战役。这都体现出血腥的战争给社会和民众所造成的深重影响。

战争带给民众的痛苦是深重的，但这既然是构成过往历史的重要内容，我们就不仅无法回避，还要多做出一些研究，并把这些研究的结果，推送到社会公众的面前，以便大家更好地了解这些过往的历史。

广洁先生这部《金戈铁马——与山西有关的著名战役》，选择山西历史上近五十次重要战役，一一重现这些战役发生的时间、缘起、进程、结局及其影响。每一场战役的具体地点，当然都是在今山西省内，但这些战役的重要性和它的影响，往往都超出山西一地，关系到这方土地的全局性问题。

尽管如此，广洁先生在这部书中按照历史事件发生地点所选择的研究对象，一般来说，这首先还是个区域史的问题；更具体地说，是个区域军事史问题。不过学科的类别，总是由研究者根据自己入手的便宜来设定，对于我这个主要从事历史地理学研究的人来说，历史时期特定空间内发生的军事活动，就在很大程度上可以从历史地理学角度将其一部分研究内容归结为历史军事地理问题；至少这是我们审视这些战役的一个重要视角，事实上广洁先生在这部书中也是这样做的。

谈到历史军事地理问题，就不能不提到清朝初年学者顾祖禹的名著《读史方舆纪要》。顾祖禹在这部书关于山西部分的序言里，一开头就这样论述说："山西之形势，最为完固，关中而外，吾必首及夫山西。盖语其东则太行为之屏障，其西则大河为之襟带，于北则大漠、阴山为之外蔽，而勾注、雁门为之内险，于南则首阳、底柱、析城、王屋诸山滨河而错峙，又南则孟津、潼关皆吾门户也。汾、浍萦流于右，漳、沁包络于左，则原隰可以灌注，漕粟可以转输矣。且夫越临晋，溯龙门，则泾渭之间可折棰而下也；出天井，下壶关，邯郸、井陉而东不可以惟吾所向乎？是故天下之形势必有取于山西也。”顾祖禹这段话，通观全局，纵览古今，可以说概括了山西地区军事地理形势的总体特点。古往今来，山西境内大大小小无数战役，若是从军事地理角度加以分析，进行描述，都不能脱离这个框架。我希望各位读者阅读广洁先生这部书，认识和了解山西历史上的这些战役，心中最好也能先有这个框架作背景。

若是在顾祖禹这段论述的基础上稍加发挥，进一步展开说明山西这一区域在中国历史军事地理大格局中的地位，则可以看到，今黄河中下游平原的核心地带亦即中原地区，往往是决定一个政治势力成败兴亡最为关键的地理枢纽。在这一区域的外围，关中渭河平原，地理形势自成一体，西汉初年张良劝说刘邦离开中原的腹心洛阳而去关中建都，就说关中“阻三面而守，独以一面东制诸侯”，也就是足以利用关中控扼中原地区。这在很大程度上等同于控扼天下。顾祖禹在谈论山西的军事地理形势时说“关中而外，吾必首及夫山西”，从一定意义上讲，山西在这方面具有仅次于关中的重要地位。盖山西高原因有山环河绕，地势也能自成一体，居高临下，震慑中原，因而对全国的形势具有重要影响，诚可谓举足轻重。

正因为山西地区这一举足轻重的地位，汉武帝元鼎三年（前 114）向东挪移函谷关的位置（由今河南灵宝东移至今河南新安）亦即进行所谓“广关”之举时，才特意把整个山西高原都囊括进“关中”区域之内。进一步解释这一举措的意义，则是汉代初年以来一直实行以关中控御关东的地域控制政策，而关东被控制的对象，在当时最主要的是各个诸侯王国。在经过此番“广关”之后，山西高原被列为与关中几乎同等重要的朝廷直接控制区域，从而大大加强了朝廷的实力（西汉末扬雄著《方言》，往往用“自关而西秦晋之间”来把三晋与关中划为同一个有诸多共享词语的区域，这种语言应用状况的形成，我想就应与汉武帝这次“广关”具有密切联系），这在西汉中央与地方关系的消长变化过程中具有相当重要的意义。原因无他，就在于山西高原重要的军事地位。

这样的军事地理地位，当然只是山西境内历史时期那些重要战役得以发生和进行的很一般性的背景，读者们还是要通过阅读广洁先生书中的论述，才能清楚地一一知悉那些在各个不同历史时期都足以声震天下的三晋兵事。

2019 年 6 月 30 日记

莫名其妙的改易

编辑帮助作者修改一些文字的瑕疵或表述的缺陷，这是对作者的重要帮助，作者当然要表示感激，可并不是编辑做出的所有处理，都让人能够理解。我的一篇题作《〈剑峰遗草〉与藤田丰八先生对中国印刷史研究的卓越贡献》的文稿，某刊物刊出时对原稿所做的改易，我看着就很是困惑。

首先是文章的题目，被改作《藤田丰八先生与〈剑锋遗草〉》。为什么呢？编者的说法是：原来的题目“太长”，“于目录排版不好看”。这种说法，我是无法理解的。

第一，不管写书，还是写文章，作者给它定个书名、篇名，就像大人造小人，造出来后要给娃起个名儿，这是只有费劲巴力地干这活儿的人才能享有的一项特权，别人不能随意把这个权利拿走。

好恶这种事儿，一个人有一个人的指向。作者有作者的喜好，编者有编者的厌恶。这说不上谁好谁孬，只是各有所好而已，没必要统一，事实上也无法统一。作为出版者，更不能强扭着作者的脖子去喜好编者的喜好，多尊重一点儿别人的好恶岂不更好？

再说写书做文章，毕竟和工匠作器有所差别，也不是画画儿写毛笔字儿，即文字内涵比较丰富或者说其内在构成往往比较复杂，不像一件普通器物那么简单，或像建筑景观那样一目了然，因此怎么起名字，需要切合每一部书、每一篇文章的具体内容通盘考虑，而不必先去考虑它排印在纸面上以后在编辑或是读者的眼里是不是那么“好看”。绝大多数作者在绝大多数情况下，对书名、篇名都是很当回事儿的，这也就意味着作者的考虑大多会很周全，往往会比编者想得深一些，想得多一点儿；这也就意味着从出好书出好刊物的角度看，编者不宜对作者原定的标题说改就改，想出手就出手。

对于我自己来说，《〈剑峰遗草〉与藤田丰八先生对中国印刷史研究的卓越贡献》这个篇题，其意向是相当明确的，把这篇文章的主旨和具体内容表述得一清二楚。标题长，是因为非此不足以体现我的意旨，形式要服从于内容的需要。现在被改成《藤田丰八先生与〈剑锋遗草〉》之后，焦点全失，读者的眼前顿时一片模糊。这有什么好处呢？俗语云“画龙点睛”，是说通过点睛之笔让画好的龙显出灵性。现在，一篇眉目显豁的文稿竟被无端剜去了双眼，真成了见首不见尾的“神龙”了。这云里雾里的，真的那么“好看”吗？

其次是我写这篇文稿，重点是向读者介绍藤田丰八先生的一篇文章，这篇文章的篇题是《支那印刷の起源につきて》

(可以译作《论中国印刷术的起源》)，讲的是中国古代雕版印刷术的起源问题。藤田丰八先生认为中国雕版印刷术的技术源头是从域外的印度传入。这是个极其重要的论断，前些年我在《中国印刷史研究》一书中讲述的《论中国书籍雕版印刷技术产生的社会原因及其时间》，在很大程度上就是重新论证了这一见解的合理可信。

《支那印刷の起源につきて》这个篇名，起得相当简洁，文字也不险不怪，规规矩矩，更没有任何“违碍”的词句，可却被编辑完全隐去不见了。我在文中反复四次提到这个篇名，刊出时一个也不剩，统统都被隐去无存了。那读者怎么知道我是在说啥呢？

不仅如此，文中提到的藤田先生另一篇文章的篇名——《支那に於ける刻石の由来——附「不得祠」とは何ぞや》，也被编辑大笔一挥，径自删掉了。这样一来，读者同样无从知晓我讲述的具体事项是什么。

还是那句话：为什么呢？编辑讲述说，这是出于“众所周知之缘故”。恕我终日困守书斋，不晓世事，真的不知道这个“众所周知之缘故”是什么。用做研究的态度做个简单的归纳，发现藤田丰八先生这两篇文章的题目，当中都有“支那”一词。或许编辑以为“众所周知”这个词儿不能写？

我不仅对世事浑然无知，读书也很少，但大致知道，所谓“支那”，不过是以汉文译写世界上绝大多数地区通行的“中国”这个国名的西式写法“China”，而且日本人译写得很雅

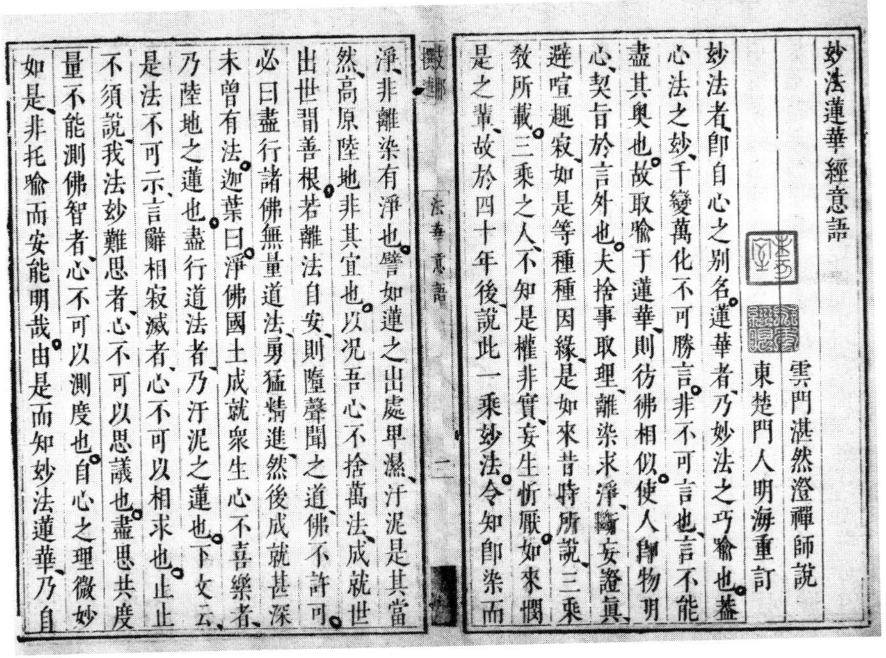

妙法蓮華經意語

雲門湛然澄禪師說
東楚門人明海重訂

妙法者卽自心之別名蓮華者乃妙法之巧喻也蓋
心法之妙千變萬化不可勝言非不可言也言不能
盡其奧也故取喻于蓮華則彷彿相似使人因物明
心契旨於言外也夫捨事取理離染求淨斷妄證眞
避喧趣寂如是等種種因緣是如來昔時所說三乘
教所載三乘之人不知是權非實妄生忻厭如來憫
是之輩故於四十年後說此一乘妙法令知卽染而
淨非離染有淨也譬如蓮之出處卑濕汙泥是其當
然高原陸地非其宜也以況吾心不捨萬法成就世
出世間善根若離法自安則墮聲聞之道佛不許可
必曰盡行諸佛無量道法勇猛精進然後成就甚深
未曾有法迦葉曰淨佛國土成就衆生心不喜樂者
乃陸地之蓮也盡行道法者乃汙泥之蓮也下文云
是法不可示言辭相寂滅者心不可以相求也止止
不須說我法妙難思者心不可以思議也盡思共度
量不能測佛智者心不可以測度也自心之理微妙
如是非托喻而安能明哉由是而知妙法蓮華乃自

明末刊《径山藏》本《妙法莲华经意语》

致，采用了中国人对这个称谓更早的渊源亦即梵文的汉文转写形式。因为这块土地上居住的人自己“自古以来”就是这么写的。在明末清初间刊行的大藏经《径山藏》里，凡是中土汉地人撰著的佛教著述，就都在版心上镌记有“支那撰述”这四个大字。你自己的祖宗都这么写了，西洋人也可以满世界吆喝“China”，而今中国政府在世界上用的还是这个词儿，日本学者在谈论学术问题时写上个“支那”就见不得了？岂非咄咄怪事！我确实无以知晓这个所谓“众所周知之缘故”到底是什么。

当然，编辑或许确实是出自好心，但这份刊物让我最不能接受的是，不仅想怎么改我的稿子就怎么改，而且告诉我说，他们之所以在付印之前没有通知我也没有征求我的意见，就是基于这个“众所周知之缘故”。

这是什么话？难道这样做是出自有司之明令密旨？但即便如此，有司也不会强命该刊必须如此这般地刊载拙文而不允许我不刊不发，我不想让我的文稿活活被阉割，不发了还不行吗？就算编辑迫不得已，就算您帮助我做的修改万分精当，给我看一眼听听我的感受和想法，不是一件两全其美的好事儿吗？何必要把好事儿办得这么别扭、这么不可思议呢？实在莫名其妙。

2019 年 9 月 24 日晨记